A Última Quimera

Ana Miranda

A Última Quimera

Romance

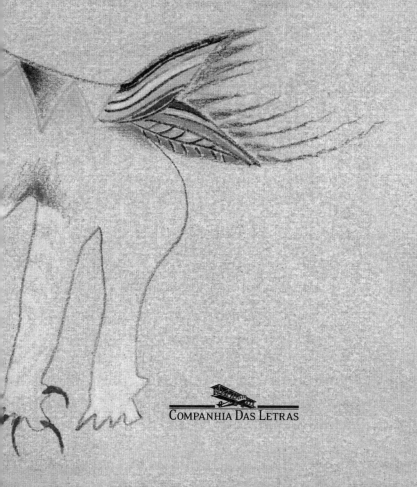

Companhia das Letras

Copyright © 1995 by Ana Miranda

Grafia atualizada segundo o Acordo Ortográfico da Língua Portuguesa de 1990, que entrou em vigor no Brasil em 2009.

Preparação:
Stella de Luca

Revisão:
Solange Scattolini
Isabel Cury Santana
Jane Pessoa

Agradeço ao Ministério da Cultura e à Biblioteca Nacional o auxílio decorrente do Programa de Bolsas para Escritores Brasileiros — 1994 e ao Espaço Augusto dos Anjos, em Leopoldina, MG

Dados Internacionais de Catalogação na Publicação (CIP)
(Câmara Brasileira do Livro, SP, Brasil)

Miranda, Ana
A última quimera/ Ana Miranda. — 1ª ed. —
São Paulo : Companhia das Letras, 1995.

ISBN 978-85-359-2264-6

1. Romance brasileiro I. Título.

95-1378	CDD-869.935

Índices para catálogo sistemático:
1. Romances : Século 20 : Literatura brasileira 869.935
2. Século 20 : Romances : Literatura brasileira 869.935

5ª reimpressão

2016

Todos os direitos desta edição reservados à
EDITORA SCHWARCZ S.A.
Rua Bandeira Paulista, 702, cj. 32
04532-002 — São Paulo — SP
Telefone: (11) 3707-3500
Fax: (11) 3707-3501
www.companhiadasletras.com.br
www.blogdacompanhia.com.br
facebook.com/companhiadasletras
instagram.com/companhiadasletras
twitter.com/cialetras

A mão que afaga é a mesma que apedreja.

Augusto dos Anjos

LA QUIMERA

La primera noticia de la Quimera está en el libro VI de la Ilíada. Ahí está escrito que era de linaje divino y que por delante era un león, por el medio una cabra y por el fin una serpiente; echaba fuego por la boca y la mató el hermoso Belerofonte, hijo de Glauco, según lo habían presagiado los dioses. Cabeza de león, vientre de cobra y cola de serpiente, es la interpretación más natural que admiten las palabras de Homero, pero la Teogonía *de Hesíodo la describe con tres cabezas, y así está figurada en el famoso bronce de Arezzo, que data del siglo V. En la mitad del lomo está la cabeza de cabra, en una extremidad la de serpiente, en otra la de león.*

En el sexto libro de la Eneida *reaparece "la Quimera armada de llamas"; el comentador Servio Honorato observó que, según todas las autoridades, el monstruo era originario de Licia y que en esa región hay un volcán, que lleva su nombre. La base está infestada de serpientes, en las laderas hay praderas y cabras, la cumbre exhala llamaradas y en ella tienen su guarida los leones; la Quimera sería una metáfora de esa curiosa elevación. Antes, Plutarco había sugerido que Quimera era el nombre de un capitán de aficiones piráticas, que había hecho pintar en su barco un león, una cabra y una culebra.*

Estas conjeturas absurdas prueban que la Quimera ya estaba cansando a la gente. Mejor que imaginarla era traducirla en cualquier otra cosa. Era demasiado heterogénea; el león, la cabra y la serpiente (en algunos textos, el dragón) se

5

resistían a formar un solo animal. Con el tiempo, la Quimera tiende a ser "lo quimérico"; una broma famosa de Rabelais ("Si una quimera, bamboleándose en el vacío, puede comer segundas intenciones") marca muy bien la transición. La incoherente forma desaparece y la palabra queda, para significar lo imposible. Idea falsa, vana imaginación, *es la definición de quimera que ahora da el diccionario.*

Jorge Luis Borges e Margarita Guerrero, Manual de zoología fantástica (*Cidade do México, Fondo de Cultura Económica, 1957*)

Parte um

Rio de Janeiro,

12 de novembro de 1914

A plenitude da existência

1

Na madrugada da morte de Augusto dos Anjos caminho pela rua, pensativo, quando avisto Olavo Bilac saindo de uma confeitaria, de fraque e calça xadrez, com bigodes encerados de pontas para cima e pincenê de ouro se equilibrando nas abas do nariz. Embora esteja perto dos cinquenta anos, o poeta do amor carnal ainda tem aquele olhar que tanto agrada às burguesas e às prostitutas ou, para citar ele mesmo, às lavadeiras e às condessas.

Sinto pudor de dirigir-me a este homem ereto, famoso, rutilante, recém-chegado de Paris, em seu tom de poeta supremo, com quem um simples passeio na rua do Ouvidor equivale a uma consagração literária. Não quero ser confundido com um oportunista, ou com um chaleirista. Mas sendo este um momento de profunda tristeza, e a tristeza é uma espécie de anestésico, tomo coragem, jogo fora o cigarro, paro em frente de Bilac e lhe digo um quase inaudível bom-dia, porém percebendo logo o erro que cometi me corrijo:

"Boa noite".

Ele me examina com estranheza, tentando me reconhecer. Recua a cabeça, aperta os olhos e responde, ainda interrogativo, ao meu cumprimento, tocando de leve na cartola. Já vai se afastando de mim quando o interpelo novamente, dizendo algo a respeito de Théophile Gautier, a quem Bilac muito admira. Ele para e se volta, sorrindo. Falamos alguns minutos sobre o escritor francês, desde tolices como minha referência a suas calças verde-água e seu colete cereja, vaiados em plena rua e que se tornaram uma polêmica mundial, até coisas importantes, que Bilac introduz na conversa, como comentários a respeito da arte pela arte, dos poetas românticos no cenáculo do beco de Doyenné.

Passamos a falar a respeito de Bainville e logo, por uma associação perfeita, sobre Baudelaire, de quem uma vez disseram que um odor fétido de alcova porca emanava das suas poesias. Chegamos, portanto, onde eu desejava.

Falar sobre Baudelaire tem o mesmo gosto que falar sobre Augusto dos Anjos. Relato a Olavo Bilac a recente morte do poeta paraibano. Ele me pede que repita o nome.

"Augusto dos Anjos", repito.

Bilac diz que lamenta muito mas, por um lapso, não o conhece, tem andado mais em Paris que no Rio de Janeiro. Com o rosto sinceramente compungido pede informações sobre Augusto, talvez pensando na própria morte — seus últimos poemas não são mais voluptuosos como no *Sarça de fogo*, porém melancólicos e reflexivos; e, como cronista, não é mais tão irônico e fescenino. Digo que Augusto dos Anjos foi um grande poeta filosofante, cientificista, sim, mas com um abismo dentro de sua alma que leva o leitor de seus poemas às mais profundas esferas da triste humanidade. Bilac reflete alguns instantes, segurando o queixo com o indicador e o polegar.

"Tuberculose?", pergunta, e digo que não sei ainda a causa da morte de Augusto dos Anjos, mas que embora tenha morrido aos trinta anos decerto nunca foi tísico — era todavia asmático; logo saberei o motivo da sua morte, pois pretendo partir no primeiro trem para a cidade mineira de Leopoldina, onde ele morreu, a fim de assistir aos funerais. Bilac abana a cabeça negativamente, num lamento; pede que eu declame um verso qualquer do poeta morto, em seguida se cala, à espera do poema.

2

Sei de cor todos os versos de Augusto dos Anjos, posso recitar qualquer um deles de frente para trás e de trás para a frente. Mas nunca conseguirei imitar os modos de Augusto quando declamava, transfigurado, sem fazer quase nenhum gesto, usando apenas a voz, numa frieza e paixão simultâneas, as sílabas escandidas com uma sonoridade metálica, os olhos penetrantes, os lábios tensos. Tiro o chapéu, aperto-o contra o peito e, com uma voz trêmula, anuncio o título do poema: "Versos íntimos". Raspo a garganta. E inicio a declamação: "Vês?! Ninguém assistiu ao formidável enterro de tua última quimera. Somente a Ingratidão — esta pantera — foi tua companheira inseparável! Acostuma-te à lama que te espera! O Homem que, nesta terra miserável, mora entre feras, sente inevitável necessidade de também ser fera. Toma um fósforo. Acende teu cigarro! O beijo, amigo, é a véspera do escarro, a mão que afaga é a mesma que apedreja. Se a alguém causa ainda pena a tua chaga, apedreja essa mão vil que te afaga, escarra nessa boca que te beija!".

Ao terminar estou suspenso, frio, quase tonto e abro os olhos. O senhor Bilac me fita, imóvel, os lábios entreabertos, os olhos um pouco arregalados, ainda segurando o queixo.

"Pois bem", ele diz. "Eh..." Tosse, cobrindo a boca com a mão. Depois se cala, visivelmente perturbado. Olha para os lados. Num impulso súbito deseja livrar-se de mim. "Pois se quem morreu é o poeta que escreveu esses versos", ele diz, "então não se perdeu grande coisa." E parte, caminhando depressa, como se fugisse.

Conto seus passos pela calçada: treze; no décimo quarto ele começa a atravessar a rua, no vigésimo oitavo cruza com uma carruagem e em seguida desaparece na esquina. Fico sozinho. Agora sou eu quem está imóvel. Com que, então, o senhor Bilac não apreciou o poema? Talvez eu devesse ter escolhido outro, onde não aparecessem palavras tão pouco poéticas e sentimentos tão vis. Quiçá sejam versos materialistas demais. Mas esta é a verdade, sem máscaras: Olavo Bilac não apreciou o poema. Imagino Augusto estendido numa cama, na pequena cidade perdida no interior de Minas Gerais, pálido, gelado, lábios azulados, mãos rígidas, e Esther debruçada sobre seu peito, chorando.

3

Esther. Como estará ela? Tiro do bolso o fósforo e acendo meu cigarro. Fumando caminho na rua pensando nela, Esther viúva, vestida de preto, com um véu transparente negro, luvas escondendo suas mãos delicadas. Mulher de uma beleza angelical, olhos escuros, em amêndoa, palidez de magnólia, sobrancelhas grossas, cintura de princesa vinda do reino de Catai ou Samarcanda, seios eretos, que não precisam de espartilho, como os de uma adolescente. Esther é novamente uma mulher livre. Ao pensar nisso me sinto sem ar. Percebo que estou no Passeio Público e saio em busca de um banco para sentar-me e me refazer.

O Passeio Público é um dos lugares onde mais gosto de permanecer, nas minhas horas de reflexão. Não durante o dia, quando as crianças enchem as aleias com sua presença alegre e os rapazes vêm cortejar as jovens ou procurar uma delas para seus devaneios; nem quando senhores e damas cruzam as alamedas entre os baobás, ou jogam cartas, ou ouvem a banda dos alemães; tampouco quando, de noite, os aristocratas passam em direção à casa de Glaziou ou os boêmios vão ao café-cantante. Gosto das horas raras em que o Passeio está deserto, quando apenas um ou outro transeunte caminha silencioso, quase invisível, e homens da Guarda rondam atrás de vadios. Nesses momentos de solidão as árvores parecem soberanas, o lago permanece limpo; as águas do chafariz do menino podem ser ouvidas como uma música monótona, propensa ao raciocínio e à ruminação de paixões secretas. Este é um momento assim, e me sento no primeiro banco que avisto.

A lua está baixa, o bosque mergulhado em penumbra, embora as copas de algumas árvores brilhem sob uma luz prateada. No chão, avisto um filhote de pássaro agonizando: um corpo magro, os ossos delineados sob a pele, o peito estufado pulsando. A visão deste animal ainda mal emplumado, que morre sem jamais ter podido experimentar a plenitude de sua existência, que é o ato de voar, me leva novamente a pensar em Augusto. Por causa deste pequeno pássaro que parece um feto, rememoro uma das muitas vezes em que visitei Augusto, uns dois ou três anos atrás. Ele era um obscuro professor de geografia, corografia e cosmografia do Ginásio Nacional do Rio de Janeiro e agente da Companhia de Seguros Sul-América. Morava, com Esther, ainda na praça do cais Mauá, num sobrado de janelas altas e grades de ferro batido na sacada. Ocupavam apenas o segundo andar — o primeiro servia como residência de tia Alice, Bebé e tio Bernardino. Para chegar aos aposentos de Augusto, era preciso subir uma escada de madeira que rangia e tremia sob nossos pés.

Este era o segundo lugar onde o casal morou. Dali, logo se mudariam para uma casa de pensão na rua São Clemente, em Botafogo; depois para a Marechal Hermes, a seguir para a Malvino Reis, depois para a Haddock Lobo, depois para um chalé na rua Delfina, uma rua deserta sem luz elétrica, e afinal foram para a Aristides Lobo, onde viveram em duas diferentes casas de pensão, antes de partirem para Leopoldina, e ainda outros endereços dos quais não tive conhecimento, sempre lugares pobres ou decadentes, numa melancólica peregrinação, não sei se em busca de algo ou se fugindo de alguma coisa.

4

Naquela tarde em que o visitei no sobrado, Augusto me pareceu um homem mais sofrido, mais velho do que os vinte e alguns anos que tinha na realidade. Vestia roupas ordinárias, embora elegantes; conservava o ar de alguém que vivia nas alturas e estava nesta terra apenas descansando de suas viagens espirituais e das anormalidades de seu pensamento.

Eu temia encontrá-lo sentado numa poltrona, abatido por um de seus acessos de dispneia, com os pés numa bacia de água quente e aplicando sinapismos nas pernas. Mas não. Continuava cioso de sua dignidade, altivo e obcecado pelo enigma da morte — que parecia pairar sobre sua cabeça, com asas negras abertas mantendo-o numa região de sombra.

Fazia um frio de quebrar a caveira e Augusto usava sobre os ombros uma velha manta preta de lã, tricotada por Esther.

"Como vai esse peregrino audaz?", perguntei.

Augusto me abraçou fraternalmente, me fez entrar e sentar-me na melhor poltrona da sala. Havia um piano encostado numa das paredes, com a tampa do teclado aberta e uma partitura na estante, entre as duas velas ainda acesas nos candelabros, o que podia significar que Esther estava ali antes de eu chegar e talvez tivesse parado de tocar para refazer o penteado ou vestir um casaco melhor a fim de me receber.

Imaginei Esther sentada ao piano, tocando "Virgens mortas", com seus dedos de pontas finas, numa precisão matemática, varrendo tudo de minha mente, impondo-se com irresistível violência, como me fazendo mergulhar num sono, agitando meus fantasmas amordaçados por minhas proibições, suscitando meus imperiosos sentimentos. Depois fantasiei-a diante de um toucador, arranjando os cabelos com uma coifa, desejando parecer mais bonita, como se fosse possível. Mas logo entrou tia Alice; cumprimentou-me com o mesmo ar crítico de sempre, retirou a partitura da estante, apagou as velas e fechou a tampa do piano, desaparecendo em seguida. Era ela, e não Esther, quem tinha estado a tocar aquele instrumento.

5

Augusto me deu diversas notícias familiares. Ele estava a par de tudo o que se passava na Paraíba — agitação política, movimento armado no sertão, terras invadidas, armazéns saqueados pelas hordas famintas, cangaceirismo por todos os lados, as brigas de Joque, que ainda era presidente da província — pois de poucos em poucos dias recebia cartas de Dona Mocinha. Quando demorava a chegar uma carta de sua mãe, Augusto se tornava inquieto, fumava cigarrilhas de cânfora ou de eucalipto para evitar um ataque de asma, tomava banho de água muito fria, falava a cada instante na falta de notícias, temeroso de significar alguma doença, ou mesmo a morte, de sua adorada mãe.

"Artur, Nini e Pupu estiveram no Rio de Janeiro, gozando todos os esportes da cidade. Marica Cirne está passando bem. Donata fez sessenta anos e continua maternal, virgem, dona de todas as verdades fundamentais da natureza. Generino escreveu um soneto para Esther. Veio aqui esta semana, mesmo, está sempre conosco, assaz interessado em meus negócios particulares. Há por dentro daquela casca de esquisitices puramente tegumentar uma enorme bondade desconhecida que o agiganta de modo extraordinário, à luz de rigoroso critério julgador. Alexandre está perto de se formar, Odilon assistirá às festas. Não vai perguntar por tio Acácio? E... Marion Cirne? Decerto você não quer falar neste assunto, mas tenho que dizer, até hoje ela não se casou. E nem vai se casar. Você é mesmo um estouvado. Aprígio está constipado. A boa Iaiá, sempre revigorando as energias plásmicas da saúde. Irene Fialho e Olga possuem ainda aquele magnetismo. Dona Miquilina continua sendo a companheira inseparável das filhas. Rômulo está no interior de Minas. Faleceu o doutor Pacheco, o pai de Rômulo, lembra-se dele?"

Sim, eu me lembrava de todos aqueles personagens, embora os nomes recriassem pessoas distantes, imateriais, como se estivessem todas mortas, às quais eu podia ver apenas através de uma espessa neblina. Para Augusto, ao contrário, era como se estivessem ao seu lado, em carne e osso, respirando e falando. Ele vivia voltado para seu passado.

6

Conversamos sobre o tempo em que éramos crianças e passávamos férias juntos, no Pau d'Arco. Ele lembrou-se do concriz de seu pai, que vivia numa das gaiolas da cozinha e do qual sabíamos imitar com perfeição o canto, que por sua vez era uma imitação do canto de um sabiá que ficava perto. Lembrou-se do perfume das rosas que cresciam pelas paredes de tijolos da casa-grande, dos vidros violeta das janelas, das telhas tão velhas que pareciam plantações de fungos. Falou, como sempre, da história da moeda de ouro roubada por sua ama de leite, que ainda o oprimia e o fazia ter pesadelos. Dos banhos. Do trem. Dos morcegos. Do tamarindo. Do Misantropo.

Em seguida ele me mostrou uma folha de canela onde estava a escrever com a ponta de um alfinete a palavra *Saudade*, que iria mandar para sua mãe; pus a folha diante de meus olhos, contra a luz, elogiei o trabalho minucioso de Augusto, mas eu estava suspenso, esperava algo acontecer, era como se eu ainda não tivesse chegado naquele sobrado.

Durante nosso encontro às vezes Augusto se entregava a olhar a paisagem pela janela e, quando ouvia o apito de um navio prestes a deixar o cais, ficava em silêncio, absorto, dando a impressão de estar partindo junto com o vapor. Talvez estivesse se lembrando do melancólico apito do bueiro no Engenho do Pau d'Arco. Tudo o transportava ao seu passado junto dos pais e irmãos. Sei que minha visita lhe era preciosa por este motivo; eu lhe levava recordações das águas negras do Una, dos ares cosmopolitas de Cabedelo. Foi num desses momentos de abstração e silêncio que a porta da parte íntima da casa se abriu e, com o coração disparado, eu a vi surgir.

7

Envolta num xale de barbante, pálida, magra, Esther entrou na sala para me cumprimentar e servir uma xícara de café. Havia algo diferente nela, uma sombra parecida com a que cercava Augusto; ela não era mais a moça colorida, leve, alegre de antes, a moça que sorria e cultivava flores nas janelas e nos jardins. Pôs a bandeja sobre uma mesinha entre mim e Augusto, esboçou um sorriso, cruzou os braços se aquecendo com o xale e ficou ali, imóvel, distante daquela sala escura que ela devia detestar. Neste momento vi sob seus olhos as olheiras fundas; suas mãos estavam enrijecidas.

Augusto tratou de servir, ele mesmo, o café nas xícaras, mas percebeu que faltava o açúcar e pediu que Esther o fosse buscar na cozinha. Quando ela voltou, com o açucareiro, ele a tocou ternamente na mão, o que a fez ruborizar e lançar um breve olhar sobre mim.

"Vá deitar, não se canse", ele disse.

Esther se retirou em seguida, quase como um autômato.

"Pobre de minha esposa", disse Augusto. "Errou ao se casar comigo."

Perguntei-lhe por que dizia isso.

"Há em mim, não sei por que sortilégio de divindades malvadas, uma tara negativa irremediável para o desempenho de umas tantas funções específicas da ladinagem humana. O que eu encontro dentro de mim é uma coisa sem fundo, uma espécie aberratória de buraco na alma, e uma noite muito grande e muito horrível em que ando, a todo instante, a topar comigo mesmo, espantado dos ângulos de meu corpo e da pertinácia perseguidora de minha sombra."

Um silêncio pesado se instalou na sala, até que Augusto, com a voz embargada, me contou sobre a morte, num parto prematuro, de seu primeiro filho. No dia 2 de fevereiro, às seis horas da tarde, Esther abortara.

8

A criança tinha sete meses incompletos quando nasceu, devia ser alguma coisa tão frágil quanto este filhote de passarinho que vejo moribundo a meus pés aqui no Passeio Público. Tomo-o da maneira mais cuidadosa, formo um berço para ele com a concha de minha mão e o afago, quem sabe com o calor de meu corpo, com o afeto, ele possa se não recuperar-se ao menos sentir-se reconfortado no momento de sua morte.

Madame Morand dissera que a criança havia morrido no ventre de Esther quatro ou cinco dias antes. Fora uma sorte Esther ter escapado com vida.

Madame Genny Morand era uma parteira francesa de muito prestígio e solicitada por todos, tanto que às vezes se tornava necessária a intervenção de um vereador ou de um poderoso comerciante para se obter seu atendimento. Não era apenas uma curiosa, mas uma mulher com curso científico na França e que tinha enriquecido a *faire l'Amérique*. Trafegava num carro de luxo guiado por um cocheiro de chapéu alto com roseta na copa.

Fiquei imaginando como Augusto tinha conseguido tal madame para atender Esther, com sua parca comissão de corretor de seguros e o pequeno salário de professor. Quem teria pago o atendimento? A herança de Dona Mocinha fora de mais de cinquenta e oito contos de réis, porém ela devia ter usado grande parte disso comprando o sobrado na Paraíba. A parte de Augusto na venda do engenho, dividida entre sete irmãos, fora gasta nos primeiros meses de seu casamento e de sua chegada ao Rio de Janeiro. Mas isso não importava. Senti meu sangue gelar quando pensei no perigo que rondara Esther.

9

Madame Morand tinha feito muitas recomendações, que Esther estava cumprindo, com a ajuda de tia Alice. Augusto disse que aquela criatura natimorta teria sido, talvez, uma vigorosa representação típica da morfogênese de sua família. Teria ele visto o cadáver? Como aconteceu tudo isso? Esther gritando no quarto, com madame Morand diante de suas pernas afastadas puxando a criatura, tia Alice segurando a mão da parturiente e secando sua fronte, rezando um terço, Augusto percorrendo a sala de um a outro lado, as mãos nas costas, tio Bernardino cabisbaixo fumando charuto, a parteira tirava a criança e via que estava morta e Esther deixava de sorrir, percebendo algo de errado, Augusto empalidecia ao ver o rosto contrito de madame Morand ao abrir a porta, corria para o quarto e levantava o lenço ensanguentado que cobria o corpo, numa cestinha de pão. Fui tomado por um horrível sentimento de culpa, como se eu mesmo tivesse matado a criança. Não queria que Esther tivesse um filho, ainda que fosse de Augusto.

Com os dedos trêmulos, tomei um fósforo e acendi um cigarro. Augusto percebeu meu sofrimento e mudou de assunto, falando sobre as aulas particulares que dava, com grande sacrifício, pois ia de casa em casa dos alunos para lecioná-los, numa cansativa perambulação pelas ruas geladas da cidade.

"Tenho me sentido bastante incomodado do estômago e dos nervos", ele disse. "Mas é bem provável que a outra face brilhante da vida venha ocupar daqui a pouco tempo o lugar negro em que os maus demônios, talvez por um mero gracejo infernal, me têm colocado."

Ele era assim. Achava que os sofrimentos vêm do inferno — e decerto vêm —, que são brincadeiras dos demônios. Tinha uma visão jocosa do inferno. Ao contrário do que pensam dele, era um homem surpreendentemente bem-humorado, em sua essência mais íntima. Ele mesmo se tornava um demônio para escrever seus versos e os túmulos, os vermes, os esqueletos mórbidos, a noite funda, o poço, os lírios secos, os sábados de infâmias, os defuntos no chão frio, a mosca debochada, as mãos magras, a energúmena grei dos ébrios da urbe, a estática fatal das paixões cegas, o rugir nos neurônios, a promiscuidade das adegas, as substâncias tóxicas, a mandíbula inchada de um morfético de orelhas de um tamanho aberratório, um sonho inchado, podre, todos estes elementos da imaginação de Augusto não passavam de gracejos infernais. E, de certa forma, juvenis.

10

O café esfriou na minha xícara, intocado. Eu me sentia por demais tenso com a presença de Augusto e com a proximidade de Esther, que devia estar então deitada na cama, descansando, talvez pensando na criança que perdera, quiçá pensando em mim, julgando-me mais magro, ou mais feio, ou mais pálido. Talvez tivesse notado os fios brancos que havia em minha fronte. Naquele tempo eu tinha apenas vinte e seis anos, mas meu aspecto era o de um senhor encovado que vivia de roupão nos subterrâneos.

Augusto me falou sobre as más condições daquele sobrado, onde o vento penetrava nas frestas; o quarto de dormir era gelado; a janela da cozinha, onde Esther passava a maior parte de seu tempo, havia muito que não podia ser aberta e sua mulher ficava sujeita aos ares esfumaçados de carvão, andava a tossir; pairava no ar a poeira deletéria dos automóveis que passavam na rua, o gás que escapava das máquinas dos navios, o odor fétido de urina dos marinheiros e, onde havia marinheiros havia prostitutas e elas também exalavam ares perniciosos; aquele lugar talvez tivesse sido a causa do aborto do filho de Esther. Ele não falou, mas a proximidade do casal de tios, que moravam no andar de baixo, estava certamente atrapalhando a intimidade de Augusto, o que devia deixá-lo neurótico.

Sua asma voltava em acessos cada vez mais frequentes, e nem água com açúcar e gotas de láudano de Sydenham, a tintura de ópio, ou injeções subcutâneas de cloridrato de morfina, nem a inalação de éter iodídrico ou da fumaça das cigarrilhas de Barral ou dos vapores de papel antiasmático, nem a tintura de Lobélia, nem as pílulas de tártaro istibiado de Trouette, nem as lentículas antiasmáticas G. Chanteaud, nem o xarope de caracol d'Henri Mure, nem os grânulos antimoniais de Papillaud, nem o xarope sulfuroso Grosnier, nem o xarope de codeína de Berthé, nem o emético de ipecacuanha, nenhum desses remédios largamente prescritos pelos médicos aos asmáticos e de efeitos sutis evitava que Augusto tivesse suas recaídas. Seu quarto não era espaçoso, tampouco arejado, entretendo uma fraca luz diurna. Enfim, havia um número imenso de inadequações naquele lugar; mas ao mesmo tempo me pareceu vir a origem dos males de dentro da própria mente de Augusto, fruto da insatisfação de seu gênio, de seu orgulho abalado.

O casal ia mudar-se dali, os donos do sobrado estavam voltando das férias e Augusto procurava outro lugar para habitarem. Ele pretendia engravidar novamente sua mulher, queria ter nove filhos, encher a casa de rapazes, como fora a de seus pais, mas temia por algum risco e consultava madame Morand. A francesa lhe dizia que Esther poderia tentar de novo, desde que se alimentasse de carnes gordas e papa de farinha. Esther estava demasiado magra para gerar crianças, dissera Madame Morand. Enxúndia em torno dos quadris protegia as crianças contra as frialdades. O formato da bacia de Esther, assim como sua pequena estatura, sugeria que seu corpo não fora feito para a maternidade.

11

Pensei em oferecer a Augusto minha chácara em Botafogo; embora fosse distante, era um lugar de ares limpos, silencioso, Esther poderia caminhar pela areia da praia, respirando sal ou tomar banhos no mar prescritos por um médico; poderia assistir às carreiras de cavalos, às regatas na baía; ou ver América Vespúcia escalando a pedra do Pão de Açúcar. Na casa havia muitos quartos vagos, onde o casal poderia se acomodar. Tenho até hoje a impressão de que ele se magoou por eu nunca lhe ter oferecido um pouso em minha casa, mas como poderia eu dizer-lhe que morava com Camila?

Muitas vezes pensei em mandar Camila embora para poder acolher Augusto em minha casa, mas nunca tive coragem. Cheguei perversamente a desejar que ela morresse, era a única maneira de me libertar dela. De qualquer forma, Augusto jamais falou, direta ou indiretamente, sobre este assunto.

"Responsabilidades pesadas me abarrotam a alma", ele disse, "e, como um amálgama negro, engendram em mim uma tristeza malsinada. A nomeaçãozinha no Ginásio Nacional veio sanear um pouco o meu abalado território cerebral."

Perguntei-lhe então por que não voltava para a Paraíba, e se ainda se sentia vítima de uma desilusão em sua própria terra, como ele mesmo me dissera ao partir, após perder sua queda de braço com o Joque. Ele refletiu longamente, tão longamente que se perdeu em seus pensamentos e se esqueceu de minha pergunta, que ficou sem resposta.

Mas eu sabia a resposta. Além de ter um inabalável senso de justiça, Augusto queria ser tratado como o filho dileto, mesmo fora de casa, mesmo longe do engenho, mesmo por quem não era seu pai ou sua mãe. Castigava com a sua ausência os que não o cortejavam, como se fosse a pior das punições. E era. Quem um dia vivera perto de Augusto sofria sua falta. A Paraíba se tornou o fim do mundo após a partida de Augusto. Poucas semanas depois de me despedir dele no porto em Cabedelo, peguei o mesmo vapor e vim morar no Rio de Janeiro.

Quando tia Alice retornou à sala, para avisar que o jantar seria servido na copa, notei um certo embaraço tanto nela como em Augusto. Nenhum deles me convidou a participar da refeição, o que era um contrassenso em se tratando de gente do Nordeste, acostumada a compartilhar suas refeições com os visitantes.

12

O assunto que me levara ali custou a aparecer. Eu queria saber quando Augusto iria publicar seu livro. Tinha prometido a mim mesmo que se algum dia Augusto publicasse seus poemas eu queimaria os meus.

Naquela tarde ele fez diversos comentários sobre suas dificuldades para publicar. Estava desiludido com o Rio de Janeiro, que pensara ser uma cidade cosmopolita, mas que até então lhe parecia uma aldeia — embora houvesse muitos franceses e ingleses —, repleta de injustiças sociais, um espetáculo de miseráveis ao lado de caleças e automóveis que tornavam as ruas tristes corredores.

"O Rio de Janeiro é uma espécie de sereia falaciosa, pródiga unicamente em sonoridades traidoras para os que vêm pela primeira vez."

Disse que o Rio era uma cidade que premiava as falcatruas. Os honestos, os sonhadores, eram considerados bestas idiotas. Dentre os poetas, grassava o convencionalismo imbecil de Aníbal Tavares, Teófilo Pacheco, a camarilha inteligente, competindo em bovarismo com os letrados de Buenos Aires e Paris. Os intelectuais só se preocupavam com futilidades, como a estátua a Eça de Queirós. Gente como Coelho Neto, João do Rio, grandes homens da literatura, enchiam páginas e páginas das folhas com o "assunto tão palpitante".

Estava ocorrendo a grita dos intelectuais para que se fizesse uma estátua do escritor português, o que Augusto criticou, dizendo ser uma tolice. Eu disse, citando Bilac, que viver no bronze era melhor do que não viver nem no bronze nem na carne, que não viver nem no bronze nem na carne era como não viver nem no céu nem no inferno, e nem viver em lugar nenhum. No Passeio Público — passeei aqui num entardecer com Augusto, logo que cheguei à capital —, quando parei nossa caminhada para admirar a estátua de Gonçalves Dias, ele prosseguiu seu caminho dizendo "as formas só têm valor se um espírito as anima".

De madrugada, por vezes, quando espero o tílburi para Botafogo, fico admirando a estátua de José de Alencar muito triste em sua cadeira de bronze; sinto vontade de acariciar suas mãos. No Teatro São Pedro, mais do que ouvir a *Bohème* aprecio a estátua modelada em gesso por Almeida Reis; trata-se da imagem de Antônio José, no sombrio vão de uma janela fechada, uma estátua suja, quebrada, faltando três dedos na mão, a ponta do nariz, a aba do gibão e um dos pés, coberta de pó; braços estendidos, peito estufado, olha para o alto como se declamasse um poema naquele lugar imundo ao lado de um piano preto entre garçons em mangas de camisa e o público do espetáculo, que solenemente a ignoram. Tem uma dignidade, uma altivez, um ar poético, uma espiritualidade que encantam.

13

As dificuldades de Augusto me davam uma imensa angústia. Mas quando me deparei com a realidade de sua miséria fui tomado de uma verdadeira ternura e tive vontade de chorar. Ofereci-lhe como empréstimo uma boa quantia mas ele, como sempre orgulhoso, recusou quase ofendido.

No momento em que me despedia dele, vi de relance a mesa da copa posta com apenas uma terrina de sopa e uma bandeja com fatias finas de pão. Isso devia ser humilhante para quem crescera num engenho de cana-de-açúcar. Talvez não fosse tão doloroso suportar o frio do Rio de Janeiro, a falta de espaço, a sujeira, a má vizinhança, o barulho. Mas a refeição de uma sopa rala devia ser para Augusto o maior de todos os insultos. No Engenho do Pau d'Arco se servia a mesa mais farta em toda a Várzea do Paraíba. As comidas preparadas por Donata e Librada eram deliciosas, só de pensar nelas sinto minha boca se inundar de saliva, meu nariz captura no ar a lembrança dos odores vindos da cozinha.

Aos domingos comíamos sarapatel de porco, servido com farinha seca e pimenta-malagueta, algumas gotas de limão sobre a carne. Bebíamos vinho verde português, comprado em pipa na mercearia de Antônio Maia, na cidade da Paraíba. Mesmo criança eu já gostava de bebidas espirituosas. Até hoje perambulo pelos restaurantes do Rio de Janeiro em busca de um sarapatel parecido com aquele, mas em vão. Persigo pelas ruas a mágica impressão do odor, espalhado pela brisa, de carne fresca da chã de dentro, mocotó ou chambaril; ao fechar os olhos, na cama, vejo o pirão dourado; minha boca se enche de saliva quando penso no maxixe, quiabo ou jerimum de leite; passo a mão na seda de uma camisa e sinto a suavidade dos molhos de couve que cresciam no quintal da casa; verto lágrimas com saudades da bacalhoada das sextas-feiras; sinto meu estômago se revirando, com desejo de um bredo cozinhado no azeite, feijão e peixe de coco, servidos na Quaresma. E não há nenhum Natal em casa luxuosa no Rio de Janeiro que ofereça algo tão delicioso como os pastéis de nata da Librada, ou os filhoses de palito embebidos em mel claro, feitos por Donata.

As sobremesas do engenho também me deixaram impressão profunda. As frutas eram mais saborosas do que todas as que provei no Rio de Janeiro, mesmo as maçãs ou peras importadas não se igualam às bananas e laranjas que Donata preparava, em talhadas, misturadas com farinha, ou aos abacaxis, às perfumadas mangas, aos abacates. O café que se tomava após as refeições era colhido na fazenda. Nunca havia aguardente à mesa, mas sempre um licor de cacau, ou de anis, importados. Na ceia, como no primeiro almoço, comíamos angu de caroço, broas de milho seco, canjica de milho verde, pamonha, raramente faltando macaxeira e inhame, e batata-doce, cozida ou assada.

Ao lado da casa-grande ficava um pomar, rodeado por uma cerca viva de limoeiros. Dava laranja, banana-maçã, carambola, graviola, araticum, maçaranduba, jambo-amarelo, abacaxi, jatobá, jenipapo, cajá, uma infinidade de frutas, lembro-me de todas elas, das cores de suas cascas, de seus perfumes, das épocas em que floresciam e frutificavam e de quais passarinhos gostavam de bicar essa ou aquela. Cultivadas apenas para os membros da família e os agregados, as frutas eram tantas que até as levávamos para serem vendidas nas feiras aos sábados, no povoado de Cachoeira, assim como farinha de mandioca, milho verde, fava, caldo de cana, mel, enfim, tudo que não era usado na alimentação dos moradores da casa-grande e dos cassacos. Em torno do pomar ficavam as roças bem cuidadas, que produziam com fartura. A vida no engenho tinha como centro a mesa de mogno da cozinha.

14

Quando saí do sobrado do cais Mauá, respirei fundo. O céu tinha se tornado cinza. Meus encontros com Augusto eram cada vez mais sufocantes. Um ano depois dessa visita, Augusto publicou seu livro de poesias, chamado desafiadoramente de *Eu*, apenas isso.

Eu

1

Soube da notícia quando entrei no Castellões, de madrugada, após um sarau. Boêmios discutiam o livro de Augusto, poucos o defendiam, a maioria tinha asco, repulsa. Diziam frases irônicas, atiravam setas envenenadas de zombaria e remoque, pareciam ofendidos, destemperados, como se tivessem sido atacados pessoalmente em sua honra. Simbolista, dizia um; romântico, dizia outro; parnasiano, um terceiro. Um escrínio de ofensas ao bom gosto. Discípulo de Rimbaud? Jamais! Envergonharia Verlaine, causaria repugnância a Mallarmé.
"Vamos esperar as *Causeries du Lundi* do nosso Saint-Beuve", dizia alguém.
"Os olímpicos vão desferir pancadaria grossa."
"Uma pedra no manso lago azul."
"Bilac vai odiá-lo, ele quebra a ogiva fúlgida e as colunatas do templo do santo pontífice."
"O título é escandaloso!"
"Palavras plebeias, antipoéticas."
"Original! Único! Extraordinário! Perfeito!"
"O que diriam as alunas dos cursos de declamação?"
Foi o assunto da madrugada. Ouvi tudo, calado, bebendo vermute.

2

No dia seguinte acordei antes do meio-dia para comprar *O País*. Quando abri a página na qual se escreviam tolices sobre a literatura de "sorriso da sociedade", meu coração palpitou: vi a crítica feita por Oscar Lopes. Era uma nota pequena, ao lado de um longo elogio ao livro do Nilo Peçanha e amáveis referências, também derramadas, aos poemas de Canto e Melo. Para muita gente, Augusto "pareceria apenas um desequilibrado". Algumas das composições eram "perfeitamente estranhas e caracterizadas por um descaso por tudo quanto constituía a moeda corrente", dizia o crítico. Chocado, após louvar a originalidade do livro, Oscar Lopes aconselhava Augusto a não se entregar a assuntos que repugnam o coração e desafiam as normas.

Simbolistas decidiram apoiar Augusto, escrevendo notas simpáticas no *Fon Fon*, no *Correio da Manhã*. O grande Raul Pederneiras e Osório Duque Estrada, o ferrabrás da crítica, escreveram sobre o *Eu*, um fato digno de admiração, mesmo sabendo-se que eram conhecidos de Augusto pois tinham participado conjuntamente de uma comissão didática. Dizia Pederneiras que Augusto é "um grande talento transviado pelo cientificismo". Mostrava sua fotografia caminhando na rua, solitário, magro, de casaca e guarda-chuva preto, o velho chapéu-coco. Falava em "extravagante volume de versos, em que não poucas pérolas se confundem com o grosso cascalho dos

42

exotismos estapafúrdios". A cada passo minguava a poesia e avultavam as aberrações. Augusto era um poeta abortado do ventre da filosofia.

O que estaria ele sentindo diante daqueles comentários?, jogado entre os malditos, os *ratés*, os inconformados. Aberrante! Inclassificável! Um caso patológico! Negra putrefação! Indigestão literária de um pantagruel das palavras! Eletrizante! Assombroso! Teratológico! Desequilibradíssimo! Extravagante pirotecnia japonesa. Parece que o homem é doido! Aleijões abortados de uma fantasia delirante! Erros de linguagem. O terror como *Leitmotiv*! Versos duros. Asquerosidade. Abstruso! Chulo! Abominações. Horror. Sorri em meu íntimo: finalmente Augusto estava trilhando o caminho dos grandes incompreendidos.

Corri até a Garnier e comprei um exemplar do *Eu*. Conhecia de antemão alguns de seus poemas, mas quando me entreguei à leitura, ah, que cadência majestosa, que êxtase, a que elevadas esferas me levou o poeta, enquanto me jogava sem piedade nos precipícios dos sentimentos mais verdadeiros, nos enigmas do universo; que total negação da existência material, que mortificação moral, que inteligência capaz de grandes cometimentos!

43

3

Reuni todos os meus manuscritos, espalhados pelas gavetas, nos armários, entre as páginas de alguns livros, dentro de caixas de chapéus, de sapatos. Encontrei na cozinha uma garrafa de querosene para candeeiros e uma caixa de fósforos; tranquei-me no banheiro. Joguei os manuscritos dentro da banheira de mármore. Abri a janela o mais que pude, ela estava meio emperrada, mas a abertura que consegui permitiria que a fumaça saísse; e se eu morresse queimado pelas chamas de meus versos seria uma morte digna, uma morte que poderia ser, verdadeiramente, chamada de romântica. O romantismo estava, mesmo, morrendo.

Derramei o querosene sobre as folhas manuscritas, sentindo que meu peito se apertava. Ali estavam minhas lembranças, minhas misérias, meus sofrimentos de amor, meu ódio, minhas esperanças, meu erotismo, minhas paixões, meus segredos, os sonetos escritos às mulheres que amei, que desejei, cada um tendo como título um nome, Zolina, Marion Cirne, Camila; ali estavam os meus poemas às prostitutas da Senhor dos Passos que eu admirava de longe, apaixonado, logo que cheguei da Paraíba; o *meu* Eu. Ali estava toda a minha vida.

Acendi um fósforo e o aproximei de uma das folhas, na qual vi escrito, como se brilhasse, o nome *Esther*. Soprei a chama, retirei o papel e li o soneto que fizera para Esther, quando ainda era solteira. A leitura me trouxe inúmeras recordações, algumas que inundavam meu coração de alegria, outras que o deixavam comprimido como um bacalhau seco dentro de uma barrica.

Resolvi adiar a queima de minha obra poética. Um dia eu iria fazê-lo, como prometera a mim mesmo; mas ainda não sabia quando. Recolhi os papéis, separei-os, pus num varal para que secassem; alguns estavam irremediavelmente apagados, outros parcialmente; gastei diversas semanas retocando os borrados e guardei, tudo, de volta em seus lugares.

4

Odilon dos Anjos morava numa boa casa ajardinada, onde havia um automóvel de grandes rodas traseiras parado à porta. Recebeu-me com gentileza, mas sem o mesmo afeto de Augusto. Levou-me a sentar com ele na biblioteca da casa, onde conversamos por quase duas horas, bebendo um vinho de losna e cheirando rapé.

"O livro de Augusto escandalizou o superficialíssimo meio intelectual desta cidade", eu disse, espirrando. "Apreciações surgiram em quase todos os jornais."

"Discutiram-no na Câmara dos Deputados. A própria Academia Nacional de Medicina o incluiu em sua biblioteca."

"Como se fosse um tratado sobre a patologia da alma humana!... Isso não se justifica!"

"Oh, o livro aborda o haeckelianismo e o evolucionismo spenceriano, compreendo que os doutores da medicina o queiram ter em mãos. Você sabe como é Augusto. Só pensa em Haeckel, Spencer, Darwin. Devia ter se dedicado às ciências. De que lhe vale ser bacharel, ou poeta? A Academia Brasileira de Letras ignorou completamente o livro de meu irmão. Mas a Academia de Medicina o incentiva, o que não anula os efeitos perniciosos de outra corrente, de conspiração manifesta e quase agressiva contra ele; mas são intelectuais irremediavelmente nulos, como ele mesmo disse. O tio Generino se entusiasmou com os versos de Augusto e lhe escreveu uma longa carta que será publicada em breve. Você já conhece a Glorinha? Nasceram-lhe os dentes. Augusto e Esther me deram de presente uma máscara da menina, é linda! Espere."

Odilon abriu uma gaveta de uma papeleira e retirou dali um retrato em fotografia da filha de Esther e Augusto. Era uma criança de sorriso triste, olhos atentos, os cabelos como se fossem uma penugem. Tentei reconhecer nos seus os traços de Esther, mas via apenas um animalzinho assustado, um rostinho redondo e sem o brusco e infalível romantismo do rosto da mãe.

"Uma perfeita reprodução do nariz da avó madrinha!", disse Odilon, orgulhoso. "É uma menina muito decidida. Sabe, estou pensando em me casar. De que falávamos, mesmo?"

"Falávamos sobre o *Eu*."

5

Por Odilon, soube que nenhum editor quisera publicar o *Eu*; Augusto assinara um contrato com o irmão, que se encarregou de todos os custos de publicação do livro; Odilon me mostrou o contrato: previa com detalhe a divisão dos lucros auferidos com a edição, bastante pretensiosa, de mil exemplares. Os dois irmãos esperavam grandes resultados com as vendas. Mas o livro não estava dando nenhum lucro, ao contrário, poucos se interessavam em adquirir um exemplar. A maioria era mandada graciosamente aos críticos, às gazetas, aos amigos e havia ainda as despesas de correio. As críticas foram ferozes em alguns casos, condescendentes em outros, mas ninguém, absolutamente ninguém compreendeu Augusto. Este ficou ao mesmo tempo magoado e sentindo-se vitorioso. Adquiriu certa fama, mas nada mudou em sua vida. Augusto teve aquela decepção do jovem que espera ardentemente completar seus dezoito anos achando que tudo vai estar diferente, mas no dia que chega a idade tão esperada se olha no espelho e nada mudou.

Pobre Augusto. Pensava que o mundo era o Engenho do Pau d'Arco. Imaginava que todas as pessoas o compreenderiam e amariam como se fossem seu pai e sua mãe. Em cada homem ele via um papai Ioiô Alexandre e em cada mulher uma mamãe Sinhá Mocinha. Esta é uma consequência típica de uma educação com mimos. Augusto era o ai-jesus da casa, o preferido de Dona Mocinha e do doutor Alexandre; era o mais estudioso, o de maior força intelectual, o mais inteligente, o mais brilhante e além disso carinhoso, obediente e caseiro como um cãozinho de regaço. Ao mesmo tempo excêntrico e doméstico; etéreo e capaz de perceber as simplicidades mesquinhas do cotidiano. Ao mesmo tempo sonhador e realista, distante e presente.

Dizem os paraibanos que vêm bater aqui por essas bandas que, mesmo velha e debilitada, Córdula ainda mantém os filhos sob seu jugo. E que continua com sua antiga mania de grandeza. Desde a morte da filha Juliana, mesmo antes do nascimento de Augusto, Dona Mocinha dera sinal de loucura. Com a morte de Augusto, ela na certa vai sucumbir de desgosto. Sonhava para o filho um grande futuro; preparou-o para isso. Ele era a esperança da família, ele ia tirar da lama o pé dos Carvalho Rodrigues dos Anjos. Ele ia vencer o mundo, realizar todos os sonhos da mãe. Sua inteligência o iria empurrar para além das fronteiras. Agora está morto, e isso a fará irremediavelmente infeliz, da mesma maneira que me faz irremediavelmente infeliz, como se uma parte de mim tivesse sido destruída, como se eu mesmo tivesse morrido. E depois de morto, ele continua a ser insultado pela incompreensão humana.

6

Mergulhado em meus pensamentos, com o filhote de pássaro, que agora me parece morto, em minha mão, sinto os dedos de alguém tocarem meu ombro. Ao levantar os olhos vejo, surpreso, Olavo Bilac ao meu lado, segurando um pequeno embrulho.

"Vi o senhor entrando aqui no Passeio Público e o segui", ele diz. "Posso sentar-me?"

Faço um gesto indicando o lugar vago ao meu lado. O senhor Bilac senta-se no banco e cruza elegantemente as pernas. Escondo no bolso da sobrecasaca o corpo inerte da ave.

"Sobre aquilo que falei a respeito do poeta que morreu... Espero não tê-lo ofendido com minha leviandade", ele diz. "Peço desculpas."

"Não se preocupe, o senhor não me ofendeu."

"É que tenho sentido uma grande irritação com esses novos poetas que surgem todos os dias, ou melhor, todas as noites. Embriagam-se porque nasceram os primeiros pelos em seus rostos e na manhã seguinte tiram de seus bolsos cadernos com rabiscos de versos tortos. São os ovos colocados pelo pessimismo que anda soprando, como uma ventania dos infernos, o pensamento filosófico. Pensam que são poetas, mas não passam de uma fauna de paranoicos, loucos morais, epiléticos, tísicos, vagabundos, reformadores sombrios, histéricos, criminosos verbais. Falam apenas sobre mundos degradados, de modo que a literatura hoje parece uma enfermaria onde se acolhem os doentes e se observam as moléstias, uma orgia de pessimismos, moafa de satanismos, um destempero de blasfêmias pois Deus, a natureza, o Diabo, a mulher, o homem, a vida e a morte ouvem coisas ásperas e duras. A loucura se propaga rapidamente. Os moços desprezam a fé, o bom senso, a métrica, a gramática e o decoro. Para que os lagos de Lamartine e as noites de Musset? Melhores as noites da Babilônia, banquetes onde se comam em brochetes fígados de papas, toucinho de reis. Nas chamas se veem pavores de arrepiar, cenas macabras, vertigens para os demônios da corte do inferno. Os jovens poetas querem explicar a cor dos olhos de Elvira e de Madalena, a alvura dos seus dentes e o modo por que sabem distribuir beijos, churreados e longos, os gemidos com que amam, a meiguice com que pisam, o requebro da voz, o comprimento da trança, escrevem uma poesia feita em casa, comodamente, em chinelos, com um dicionário de rimas ao pé. Mas o defeito disso não é fabricar versos em chinelos, tomando chá frio. O defeito é a vulgaridade. São vulgares os simbolistas, os decadentes, os satânicos, os desvairados, os líricos meigos, os parnasianos marmóreos. Não suporto mais isso. Tenho vontade de mandar às urtigas a poesia."

"Oh, senhor, não faça isso!"

Diante de meu entusiasmo, ele se envaidece levemente. Abre o embrulho e dali retira um pequeno livro cuja visão me faz estremecer; na capa, as duas letras rubras do título: *Eu*.

"Passei na Garnier e vi no balcão de saldos este delicado volume, a um preço vil, e decidi comprá-lo. Assim espero me redimir diante do pobre senhor Anjos, morto ainda hoje."

7

O senhor Bilac lê, imerso. Ele também fuma. Nossas fumaças se misturam no ar. Depois de algum tempo, ele respira fundo e fecha o livro, marcando a página com um marcador de papelão cedido pela Garnier.

"Não compreendo como pude falar uma coisa daquelas", ele diz. "Apesar das erisipelas, quejandas sujidades, amor à porcaria que ressalta o monstruoso em seus versos, apesar do podre, da saliva, do pus, dos vermes, do cuspe, do escarro, apesar do idealismo metafísico meio pútrido, do pessimismo abúlico a serviço da filosofia haeckeliana, do monismo, da preocupação com o macabro, apesar do fartum das podridões que gravita em suas poesias e das incestuosidades sanguinárias, o senhor Augusto dos Anjos foi um magnífico poeta. Misterioso, sombrio."

"Sim, sombrio. Neste livro ele emprega vinte e duas vezes palavras que indicam a cor negra e suas variantes enquanto usa o cor-de-rosa somente uma vez. O branco, inclusive o níveo, duas vezes. São apenas cento e trinta e duas páginas, mas ele usa cento e oitenta e seis vezes a palavra *morte* e suas metáforas."

"Percebo que ele não consultava dicionário de rimas. Desde que foi publicado o primeiro dicionário deste tipo, as poesias rimadas perderam sua razão de ser, todas as rimas se repetem monotonamente. Todavia as combinações sonoras do senhor Augusto são esplendidamente originais, senão, vejamos, um medíocre rimaria a palavra *arma* com o metafisicismo de Abidarma? Rimaria eras com o cosmopolitismo das moneras? O babilônico *sansara* com a fome incoercível que escancara? Vejamos outro exemplo, mais adiante. Sangue e cal, com brônzea trama neuronial? Meu Deus, goitacazes com úlceras e antrazes? Leonardo da Vinci com a força visualística do lince! Estas rimas são ímpetos puros. Inseto com Anaximandro de Mileto, tudo feito de propósito para nos hipnotizar. Rembrandtesca com coalhada fresca. Buda com boca muda, veja só! Ele tem outros livros publicados?"

"Apenas este." Lembro-me do pássaro em meu bolso e o afago, para verificar se está realmente morto. Seu corpinho esfriou e está mole feito um tufo de algodão. Sinto seus ossos finos como gravetos.

"Que injustiça, um poeta como ele morrer tendo escrito somente um livro", diz o senhor Bilac. Tira do bolso um pequeno caderno de couro e anota algo, com um lápis. "Quando é o apogeu da vida de um homem?", pergunta.

"Talvez aos quarenta anos."

Bilac fica um longo tempo refletindo.

"Talvez aos cinquenta e cinco", corrijo-me da impiedosa descortesia que cometi.

"O senhor o conhecia bem, me parece."

"Nascemos na mesma região. Quando criança, eu ia passar férias no engenho onde ele morava. Vivemos nossa juventude juntos, estudando na mesma escola e morando na mesma república. Ele era o meu maior amigo, talvez o único."

"Estou curioso a respeito desse poeta", diz o senhor Bilac. "Quem sabe eu possa escrever, na folha, algo sobre sua precoce morte... Poderia me falar sobre ele?"

"Sim. O que o senhor deseja saber?"

"Quero compreender por que motivo ele era tão sombrio, o que o levou a escrever coisas tão infernais, pálidas, martirizantes. Por que chama um filho morto de feto esquecido, panteisticamente dissolvido na noumenalidade do não ser, faz versos aos cães, aos embriões informes, chama os vermes de deuses, viaja ao lado do esqueleto esquálido de Ésquilo, diz que ama o esterco, a podridão lhe serve de evangelho e, todavia, é tão rutilante."

8

Fico mudo por alguns instantes. Como explicar a alma de Augusto? Mesmo sua própria alma, a do senhor Bilac, tão mais luminosa, visível, que produz uma poesia voltada para o amor e as estrelas, contém um enigma. Além disso, o senhor Bilac é um homem nascido numa cidade e assim, talvez, jamais possa entender o que é alguém vindo de uma várzea úmida por cujo fundo passa um rio de águas negras, de uma coloração quase tão escura quanto a noite e, como ela, de uma sombra densa, profunda mas, paradoxalmente, repleta de mil matizes; um rio tão misterioso que parece carregar em suas águas a própria morte. Um lugar onde mesmo as matas são escuras, como se fossem a habitação de monstros da noite, de hienas, de fantasmas. Onde existem apenas engenhos e canaviais, onde nada mudou desde que os traficantes normandos vinham carregar suas embarcações com pau-brasil, algodão, peles de animais silvestres; onde o ranger das rodas dos carros de boi parece um longo grito, as engrenagens das moendas ressoam como um lamento de morte, crepitam fornalhas que parecem a entrada do inferno, as fumaças jamais cessam de sair das chaminés e embaçam as estrelas. Um lugar povoado por uma aristocracia rural com antepassados portugueses, holandeses, franceses, judeus, uma gente quieta, murcha, de pele alva, olhos descorados, cabelos finos, pequena estatura e muitas aspirações, que vive como morcegos, fechada em suas alcovas, nas casas de paredes grossas e poucas janelas, com muito dinheiro, algum luxo, fartura, conforto, cometendo em silêncio seus pecados e murmurando preces a Deus em capelas de ouro.

A luz lasciva do luar

1

Ajoelho-me num gramado, aos pés de uma árvore, um lugar de muita paz, como um cemitério, e tiro do bolso o filhote de pássaro. Contemplo-o por alguns instantes na palma de minha mão, amassado, ainda mais parecido com um feto humano; deito-o na relva, cavo uma pequena cova entre as raízes e o enterro, cobrindo depois a sepultura com folhas secas, pauzinhos, sementes que encontro por perto. Não sou religioso, não acredito na vida eterna, mas faço o sinal da cruz e rezo.

"Senhor", digo, sem saber a que senhor me dirijo, "fazei com que este pequeno animal esteja em paz. Que a morte não seja o fim de tudo. Senhor, fazei com que a atormentada alma de Augusto tenha encontrado alguma resposta, e que Esther um dia volte a ser feliz. Amém." Levanto-me e limpo a grama e a terra na altura dos joelhos das minhas calças.

No céu algumas nuvens pequenas correm, iluminadas pelo luar. Todavia a lua já não se deixa ver. Há muitas estrelas, miúdas ou grandes, como se o céu comemorasse meu encontro com o poeta do "Ora (direis) ouvir estrelas". Assim como Augusto falava continuamente na morte e seus correlatos, Bilac trata das estrelas, diz que têm olhos dourados, que há entre elas uma escada infinita e cintilante; suas estrelas falam, abrem as pálpebras, o senhor Bilac vive cercado de centenas, milhares, milhões de estrelas, da Via Láctea, de uma nuvem coruscante, da estrela-mulher, da estrela-virgem, perdido no seio de uma estrela. Entretanto, enquanto conversava comigo, ele não levantou os olhos sequer um instante para apreciá-las. Suas estrelas, presumo, são as luzes de seus pensamentos, são seus sonhos, suas amantes secretas ou fictícias.

Hoje, na verdade, não foi a primeira vez que o vi.

2

Há alguns anos, ao me formar em direito, tomei um navio e fui a Paris. Era dezembro, nevava, eu nunca tinha visto neve, nem mesmo esperava que estivesse tão frio, vestia roupas inadequadas, sapatos que escorregavam e assim minha entrada na cidade foi decepcionante. Eu tremia e não tinha coragem de sair do quarto do hotel, ficava perto do aparelho de calefação esfregando as mãos e olhando pela janela uma paisagem inóspita, a neve caía em suaves flocos mas ao pousar no chão virava uma lama cinzenta. Raramente passava alguém e quando isso acontecia meu coração se descompassava de felicidade. Nunca me senti tão só.

Depois de alguns dias a neve parou, tomei coragem, corri até uma loja e comprei um cachecol de lã, um capote, um par de botas, um gorro, luvas. Como uma criança que tivesse acabado de aprender a caminhar, fui explorar a cidade. Olhava as pessoas dentro dos carros, dentro dos cafés, dentro das carruagens, dentro dos edifícios, dentro dos museus e eu do lado de fora, como se fosse um animal de outra espécie. Nem junto aos poetas e bêbados que permaneciam nos cafés eu conseguia me sentir bem. Estudara francês, mas aquilo que eles falavam era completamente diferente do que tinham me ensinado. Ninguém conversava comigo, de qualquer forma, a não ser os garçons que me perguntavam o que eu ia comer ou beber. Ninguém me olhava. Ninguém sorria para mim. Ninguém tinha aquela mania provinciana de reparar no corte de cabelo, no sapato, nos suspensórios, no formato da gola da camisa, na maneira de andar ou falar; na província um sorriso mais generoso era sempre motivo de murmúrios, olhares enviesados. Nada disso acontecia em Paris. As pessoas se vestiam e se comportavam como bem entendessem. Ninguém reparava. Nenhuma mulher respondia ao meu olhar.

No fundo, confesso que fui a Paris para conquistar uma mulher. As francesas tinham fama de serem as melhores. Havia as modistas francesas na rua do Ouvidor, mas estavam velhas, as últimas tinham vindo fazia mais de vinte ou trinta anos para o Brasil; suas filhas, muitas vezes desejáveis, não eram autênticas. Creio que todos os homens iam a Paris atrás das francesas. Menos Olavo Bilac.

3

Numa manhã, eu admirava uma francesa de lábios grossos e rosto redondo, cabelos aguados, nas costas um grande xale negro, de franjas; detrás de uma vitrine, sentada numa banqueta, ela enfiava pérolas numa agulha com linha, formando um longo colar. Não creio que fossem pérolas verdadeiras, mas os seus olhos eram, e seus dedos também, e sua doçura. Eu estava perto da praça da Notre-Dame e resolvi caminhar um pouco, pois minhas mãos congelavam. Havia um único homem na praça. Parado na frente da catedral, ele a olhava com paixão. Era Olavo Bilac. Sim, só podia ser ele, eu o conhecia apenas de algumas fotografias em jornais, que não são muito nítidas, mas ele tem uma expressão inconfundível, uma maneira peculiar de pôr a cabeça sobre o pescoço e o nariz acima da testa, o olhar de quem vê tudo reduzido, ar de quem sempre olha para longe. Seu jeito de estrangeiro era evidente. Mesmo ele, que morava numa cidade cosmopolita como o Rio de Janeiro, em Paris era apenas um provinciano extasiado diante da altivez da catedral copiada das florestas, bela por suas próprias formas, mas também por suas analogias com o que havia em torno, com a cidade, com a história francesa. Bilac levava um livro debaixo do braço.

Entrou no templo e fui atrás dele. Caminhou, olhando a igreja por dentro, da mesma maneira apaixonada, com a mão pousada fervorosamente sobre o peito, parando diante dos altares, ajoelhando-se junto aos jazigos, na frente da sagrada fonte, avaliando o passado esculturado nas abóbadas, entregando-se ao sentimento da divindade. Sentou-se a ler o livro, parando de quando em quando para olhar algum detalhe do templo, as trevas do santuário, as imagens cinzeladas, as portadas profundas. Parecia ser aquele um manual sobre a igreja no qual ele estudava; tirando o caderno de escritor do bolso anotava suas observações, decerto tomado pela insinuação de religioso terror, pelos calafrios, pela opressão da nave tenebrosa. Não tive coragem de dirigir-lhe a palavra, até que ele se foi, pelas ruas desertas, caminhando meio saltitado como se tivesse um par de molas nos tornozelos e olhando para as nuvens.

4

Depois disso, vi Olavo Bilac outras vezes, no cais Pharoux, na Garnier, saindo da Casa Rolas, conversando com alguém à porta do Petit Trianon, e sempre que o encontrava ficava um longo tempo matutando se ele seria mesmo o grande poeta finissecular ou apenas um equívoco causado pela excitação que sua poesia ousada, repleta de amor e sexo, provoca nos peitos dos leitores, acompanhada do mito de sua vida boêmia com casos de amores impossíveis, prisões políticas, disputas literárias através dos jornais, duelos a florete, como o sensacional episódio quando, por alguma futilidade, Bilac e Mallet decidiram se bater.

A noite anterior ao duelo, os dois amigos a passaram juntos, tomando conhaque e fumando; antes do amanhecer foram para o quintal, tiraram suas camisas e com os peitos nus, sem testemunhas, cruzaram floretes. Mallet foi ferido e Bilac atirou-se a ele, desesperado, pedindo perdão, e saiu correndo a procurar um médico. Houve também o duelo com Raul Pompeia, do qual Bilac saiu glorificado como um herói.

5

Um dia apareceu num jornal um texto não assinado, nem mesmo por pseudônimo, dizendo que Raul Pompeia se masturbava até altas horas da noite, numa cama fresca, pensando nas beldades que vira durante o dia. A seção onde saiu a matéria era de responsabilidade de Olavo Bilac, e muitos julgaram ter sido ele o autor da injúria, para alguns; indiscrição, para outros.

A cidade em peso discutia o assunto, masturba-se ou não se masturba? Bilac não assumiu publicamente a agressão, nem a desmentiu; tampouco procurou seu amigo Raul Pompeia para negar sua participação, desculpar-se. Dizem que Raul era um homem de extrema sensibilidade, espírito dramático, apegado a sua honra e dignidade, que sofreu terrivelmente por se ver assim ofendido. Segundo seus familiares, ele passou uma semana sem comer ou dormir, perambulando pela casa, cabisbaixo, murmurando, com o cenho franzido.

Depois de muito tempo, finalmente Raul resolveu responder, na mesma moeda, escrevendo em sua coluna que, embora se sentisse apenas respingado de lama, os tipos que o afrontaram eram alheados ao respeito humano, e marcados pelo estigma do incesto. Isso foi suficiente para desencadear uma avalanche de maledicências contra Bilac.

6

Já se dizia, à boca pequena, que o segredo de Bilac era seu amor pela irmã, Cora, com quem teria um filho, Ernesto, o famoso sobrinho de quem Bilac sempre falava que era como se fosse seu filho, já que não tivera nenhum. Bilac copula com a irmã?, ou não copula com a irmã?, Bilac é pai do sobrinho ou não é pai do sobrinho? O segredo de Bilac é o amor incestuoso?, ou necrofilia? Não é ele um invertido? Um uranista?

Bilac parecia ignorar os debates, mantendo-se acima das ocorrências fazia-se de espantado e até ria dos comentários. Mas, uma tarde, na Cailteau, estava a uma mesa bebendo com Pardal Mallet, Paula Ney, Coelho Neto, Azevedo, Patrocínio e outros amigos quando entrou Raul Pompeia. Houve discussões, safanões, murros. Mais forte, Bilac acertou o rosto de Raul, que, sangrando, humilhado até o mais fundo de seu ser, desafiou o adversário para um duelo. Foi embora, e os amigos tomaram o incidente como algo que seria brevemente esquecido, pois sabiam que Raul era desfavorável a essa maneira de se limpar a honra.

O duelo estava em voga, desde que Pardal Mallet tinha se batido, atrás do Restaurante Campestre do Jardim Botânico, com um jornalista que teve o braço ferido por florete. A imprensa falou sobre o caso semanas seguidas, o que causou uma onda de duelos, mas sempre entre boêmios, jornalistas, poetas e outros jovens arrebatados pelo romantismo. Raul escreveu, nessa época, que considerava os duelos repulsivos, brutais, selvagens, embora admitisse seu espírito literário e romântico. Depois do duelo entre seus amigos Bilac e Pardal Mallet, Raul escreveu que, embora os escritores lutassem para introduzir o método no país, parecia inútil, pois os duelos estavam sempre circunscritos aos próprios introdutores. Ninguém se dispunha a testemunhar os duelos, e a polícia os reprimia, para evitar que se difundissem como uma praga.

Mas no mesmo dia do encontro desastroso na Cailteau, Bilac recebeu um aviso de que Raul o esperaria às seis da manhã no Jardim Botânico, num terreno baldio que dava para a lagoa, escondido da rua por um pequeno bosque.

7

Quando na hora prevista as testemunhas saltaram do bonde para se dirigirem ao local, alguém veio avisar que a polícia soubera do duelo e estava esperando os participantes atrás das árvores, com algemas prontas. Alguém avisara a polícia. Mas quem? Tudo tinha sido feito com o maior sigilo.

Raul procurou então seu amigo Thomaz Delfino e pediu-lhe que organizasse outro duelo com Bilac. Delfino ficou bastante preocupado, conversou com o comandante Francisco de Mattos, amigo e correligionário político de ambos. Decidiram tomar as providências para o duelo, ali estavam envolvidas questões não apenas pessoais mas também políticas, os florianistas não podiam sofrer calados tamanha afronta. Mesmo assim, chamaram Raul e tentaram demovê-lo da ideia, sugerindo outras maneiras de lavar sua honra. Raul, porém, continuou irredutível.

Avisado, Bilac escolheu suas testemunhas. Mattos perguntou a Raul que arma sabia utilizar melhor; ele respondeu que nenhuma. As quatro testemunhas se reuniram para decidirem a forma do duelo. O capitão sugeriu que os duelistas portassem pistolas carregadas, junto ao peito, e disparassem ao mesmo tempo. Mattos disse que não queria assistir a um assassinato duplo e sugeriu duas pistolas, uma municiada e outra, não, sorteadas entre os contendores. O debate entre as testemunhas se acendeu, até que o comandante Mattos fez recordarem que Raul e Bilac eram, na verdade, amigos de longa data, aquilo era um episódio sem maior importância e que seria esquecido com o tempo, que ambos deviam ter sua dignidade preservada, assim como suas vidas; não era imprescindível um cadáver. Um duelo com espadas seria o ideal no caso, pois ao primeiro golpe as testemunhas poderiam suspender a luta.

Assim ficou decidido o duelo com espadas, para o dia seguinte, no túnel do Rio Comprido, com a presença de um médico, que poderia ser o doutor Heitor Murat, irmão do poeta das ondas.

8

Mattos levou Raul para o Clube Naval. Trancaram-se na sala de esgrima, cada um com uma espada, e o comandante ensinou ao romancista os primeiros movimentos de defesa e de ataque. A cada gesto, o pincenê de Raul caía no chão e ele ficava bramindo sua espada, sem ver mais que vultos, desajeitado, atabalhoado, comovente. Ficaram ali até altas horas da madrugada.

Bilac foi se adestrar com Mallet, exímio espadachim, embora intuitivo.

Na hora do duelo, à meia-noite, a polícia tinha cercado o túnel, e, para não suspenderem por mais tempo a decisão, as testemunhas e os duelistas foram para o ateliê de Bernardelli, na rua da Relação. Trancaram as portas, cerraram as cortinas, retiraram os móveis e quadros que entulhavam o caminho, puseram as espadas nos baldes higiênicos.

Nervoso, agitado, cofiando o bigode, Bilac caminhava pelo salão como se o medisse através de seus passos, parecendo querer se familiarizar com o local. Raul permaneceu sentado, melancólico, com expressões enigmáticas no rosto.

As armas desinfetadas foram secas com toalhas e uma testemunha fez o sinal. Raul e Bilac caminharam até o centro do salão. Mattos lhes fez um último discurso, lembrou mais uma vez a antiga amizade entre os duelistas, ressaltou suas qualidades como homens e como patriotas, jovens, intrépidos, que já tinham demonstrado suficientemente sua coragem de cavalheiros honrados. Pediu que desistissem do duelo. Bilac disse que, como ofensor, cabia-lhe decidir e que se dava por satisfeito, retirava-se do embate. Estendeu a mão para Raul, que hesitou, suspeitava dos verdadeiros motivos que levavam Bilac a parecer acovardado, mas não teve outra forma senão apertar a mão de seu adversário, terminando assim o episódio, sem luta, sem sangue.

As testemunhas escreveram a ata e foram embora, satisfeitas. Bilac foi comemorar bebendo cerveja. Raul ficou no ateliê até o amanhecer, estendido num divã, absorto.

Dizem que Raul suicidou-se por causa desse duelo. Ele teria ficado abatido, melancólico, enfermo, mesmo depois que tudo aquilo foi esquecido não podia dormir em paz, assaltado pelos demônios noturnos. A verdade é que Bilac é um homem generoso, e se retirou porque sabia de sua superioridade física sobre Raul; não queria feri-lo, considerou uma covardia bater-se com um homem tão terrivelmente míope e desgovernado em seus movimentos.

Para Bilac, ao contrário, aquele duelo não teve nenhuma importância.

9

Olavo Bilac estava tentando fazer a revolução. Com os revoltosos, visitava Deodoro nas pausas de suas apneias. Pálido, ofegante, o deposto sussurrava que não queria desgraças, estava fora da confusão.

Uma turbamulta no Catete desfilou aos berros e, diante do palácio, se fizeram discursos incendiários, pedindo a volta de Deodoro. Todos foram até o campo de Sant'Ana. Mas ali a multidão parou, em silêncio, na frente do quartel-general guarnecido por homens fortemente armados. Apenas Mena Barreto entrou, com os oficiais.

Floriano, que morava na Piedade, ouvindo as notícias dos tumultos calçou seus sapatos e correu para o campo, a pé mesmo. Viu seu amigo Mena Barreto à frente dos revoltosos e disse-lhe "você está preso, seu maluquinho". Sua frieza era desconcertante. Ele atravessou a rua e entrou no Itamaraty, seguido pela multidão curiosa. Mandou prender um monte de gente, inclusive José do Patrocínio, Pardal Mallet e Olavo Bilac.

Com outros conspiradores, todos encapotados e armados, Bilac tinha ido ao alto de um morro encontrar o homem de ação que ia dirigir o movimento. Mas o homem de ação apareceu só de ceroulas e gorro na cabeça, espirrando, e disse que não ia fazer revolução nenhuma porque estava "endefluxado". "Vou tomar um chá de jaborandi", disse.

10

Durante quatro horas Bilac foi interrogado. Depois o remeteram para o quartel do Barbonos; em seguida para o Arsenal de Guerra; algemado, embarcou no *Aquidaban* e desapareceu. Resultado da confusão: estado de sítio. Foram para a fortaleza da Lage e para o forte de Villegaignon centenas de revoltosos. A lua de mel da República com a ditadura. Isso era a liberdade de imprensa prometida pelos republicanos? Havia mais de uma dúzia de jornalistas presos. A linguagem decotada foi proibida. Os diretores dos jornais viviam nas antecâmaras das delegacias, esperando para dar explicações.

Dormindo na fria palha das celas, Bilac comia e engordava. Nada mais. Vivia no mais profundo tédio. O carcereiro abria suas cartas e escolhia as que podia ou não receber. Cinco meses depois Bilac foi posto na rua, "gordo como um bácoro e aborrecido como um peru", como ele mesmo disse.

Disse também, em pé sobre uma mesa do Café Londres, discursando aos poetas e boêmios, que Pardal Mallet fora ver tartarugas na fronteira do Peru e ele ver navios na fortaleza da Lage. Tinha se metido na revolução apenas por um impulso de curiosidade, vontade de conhecer por dentro um movimento político, por uma conduta platônica, por vocação para mártir. Sim, ele tinha vocação para o sofrimento, com seus olhos caídos, suas sobrancelhas melancólicas, seu queixo fino.

11

Bilac passou a viver na redação de *O Combate*, escrevendo desaforos vermelhos, bárbaros. Juntou-se a Patrocínio e com seus pseudônimos — durante sua vida ele usou dezenas, como Fantásio, Floreal, Flamíneo, Jack, Puck, Diabo Vesgo, Diabo Coxo, Olívio, Oliveira, Febo-Apolo, Asmodeu, Bob, Oswaldo, Pierroth, Lilith, Pé-Ho, Marcos, Polichinelo, Astarot, Juvenal — destilou urtiga, fel, galhofas, remoques, cascalhadas, vinhetas revolucionárias, achincalhando os burgueses enriquecidos à custa dos negros, perseguindo um médico que esterilizava mulheres pobres e fazendo outras campanhas no gênero. Atacava os republicanos mas odiava os monarquistas.

Os monarquistas conspiravam nos subterrâneos. Eram argentários que tinham criado o Encilhamento, que lhes proporcionara fortunas do dia para a noite, criando empresas imaginárias. Floriano extinguiu a jogatina na Bolsa de Valores e os exércitos de descontentes se juntaram nas sombras para conspirar. Os Vanderbilt e os Rothschild, os nababos e os tetrarcas, estavam em todas as esquinas. Mendigos bebiam champanhe em lustrosas e insolentes carruagens, cruzando os imensos depósitos de lixo, aos solavancos pelos buracos das ruas. Os brasileiros que chegavam em navios tentavam impedir os estrangeiros de passearem em terra, com vergonha das sarabandas das fraudes, do cheiro de urina e dos urubus comendo carniça. Os ricos pensavam que eram ricos. Dizia-se que era um tempo de grande prosperidade, mas o país estava ruindo.

Bilac agrediu Floriano de todas as maneiras que pôde. Por isso, teve que partir para Minas, em exílio. Foi pensando em trabalhar, escrever sua obra-prima.

12

Em torno dele paira uma aura de mistério. Sua dipsomania, suas obscenidades escritas nas folhas, suas sátiras, seu interesse por mulheres, túmulos, catedrais, suas viagens a Paris, seus discursos irreverentes nos saraus literários, tudo em sua vida parece perfeito para coroar um homem com a guirlanda poética. Faltam-lhe apenas as olheiras, a palidez e a magreza da tuberculose; apesar disso, ele cumpre longas estações de cura na floresta da Tijuca ou nas águas de Poços de Caldas.

Dizem que Olavo Bilac sofre de necrofilia; também de patofobia e tem pavor de tuberculose, como se a desejasse; sofre de abulia, é incapaz de persistir em algo; tem antropofobia, pois foge dos seres humanos e cultiva uma celafobia, pavor das algazarras. Nas noites de insônia, recita a celebração de Zimmermann, das delícias da solidão. Essas histórias românticas o tornam um poeta mais substancial do que sua poesia?

13

Não compreendo por que penso tanto em Olavo Bilac, na verdade ele não tem nenhuma importância em minha vida, a não ser pelo fato de eu querer me tornar alguém como ele. Não que almeje sua obra literária, ou sua glória; o que me fascina em Bilac é ser ele em sua essência um poeta, que respira poesia, se embriaga de poesia, sonha poesia, se alimenta de poesia. Não importa o quanto seus versos sejam duráveis, isso ninguém pode saber. Como podemos julgar um poeta que ainda está vivo?

E Augusto? Terá ele terminado para sempre? Um livro, apenas, será suficiente para perpetuar um poeta? Como Rimbaud, morto bem jovem, Augusto deixou algo que nos enfeitiça, um encontro fortuito da sombra com a evidência, do riso com o fogo, do coito com os crânios. O que será dele, agora? Certo, Rimbaud morreu aos trinta e sete anos. Mas silenciou aos dezenove, para viver suas aventuras; e sua importância só foi reconhecida perto da morte, quando já tinha perdido uma perna e as esperanças na humanidade. Deixou muito mais que apenas um sofrido livro, escrito com sangue no tinteiro, arrancado à força da tipografia. E Álvares de Azevedo, que morreu aos vinte e um anos, puro, imaturo, sem ter publicado nada a não ser uns poemas e discursos de estudante, em jornais? Seu satanismo, sua morbidez, sua libertinagem, sua pretensa vida boêmia fizeram com que seus poemas e dramas, publicados postumamente por seu pai, lhe concedessem alguns anos de glória literária; mas agora foi esquecido, talvez para sempre. O que será de Augusto? O que significa sua morte precoce?

14

Leopoldina fica a onze horas de viagem. Tiro do bolso o relógio. Preciso ir agora mesmo à estação, tenho que comprar o bilhete com antecedência. Se não tiver passagem no vagão de primeira, irei então no de segunda, ou no de terceira; ou mesmo no de quarta classe, se preciso for.

Se não houver lugar no trem, irei junto com as vacas, ou sobre os sacos vazios de café no vagão de carga; caso seja impossível, tomarei meu coche, não sem antes verificar a existência de uma estrada até Leopoldina que não sirva apenas para mulas e cavalos. Sei que de automóvel é impossível deixar esta cidade. Mal se pode chegar à Tijuca, ao Corcovado.

Terei eu de ir numa carroça? A cavalo? Quanto tempo demoraria uma viagem feita assim? Dias? Semanas? Mesmo que seja a pé, não posso deixar de partir o mais breve possível. Ferida de tristeza, frágil, Esther talvez precise de mim, se é que não estou me dando demasiada importância. Tenho medo de que Esther nem mesmo me veja, sequer se recorde de mim, que nem possa me aproximar dela. Tenho pavor de que me compreenda mal, creio que me mataria se isso acontecesse.

Sinto uma aflição me tomar. Como posso eu não estar ao lado de Esther num momento como este? Por que não fui para lá logo que recebi a notícia de que Augusto estava doente? Sempre soube da saúde frágil de meu amigo. Não teria me custado nada; talvez eu pudesse ter salvo sua vida, mas em vez disso fiquei aqui, perambulando pelas noites estreladas, tomando absinto, fornicando as cocotes e as damas das camélias ex-tísicas.

A triste dama das camélias

1

A lataria do carro brilha como um níquel ao sol. No topo do motor fica a estatueta de uma Vênus metálica; mais abaixo, dois faróis. Os pneumáticos de borracha em torno de raios amarelos têm tamanhos diferentes, as rodas traseiras menores que as dianteiras. O motor localiza-se na frente. Atrás dele ficam as poltronas do chofer e de seu ajudante, o guidão à direita, a buzina em formato de corno de boi e a grande janela para-brisa que separa o chofer dos passageiros. Estes viajam em uma cabine fechada, com teto, portas laterais, janelas de vidro; do lado de fora há um degrau para ajudar as damas a tomarem seus lugares, assim como duas lâmpadas sinalizadoras, em forma de peras. E, por final, acima da cabine de passageiros, como se fosse uma diligência, fica uma grade para se atrelar baús. Trata-se, propriamente, de uma carruagem na qual os cavalos foram substituídos por um animal mecânico que em vez de capim e alfafa ingere combustível inflamável. É um Brazier, de 1908.

Comprei-o num leilão, há poucos dias. Pertenceu a um visconde, depois a um senador da República. Hoje, qualquer pessoa que tenha dinheiro, ou que deseje fingir tê-lo, pode possuir um automóvel; está se tornando algo bastante comum.

Quando trafegou nas ruas do Rio de Janeiro o primeiro automóvel, uma parafernália movida a vapor, com fornalha, caldeira e chaminé, as crianças e os vadios o seguiam pelas ruas, aos gritos de alegria, ou jogando pedras se o motor falhava. Dizem que o senhor Bilac aprendeu a dirigir nesse carro, que pertencia ao seu amigo José do Patrocínio; e que um dia, embriagado, jogou-o contra uma árvore, inutilizando-o.

Em 1900 chegou de Paris o primeiro automóvel propriamente dito, um Decauville, movido a benzina comprada nas farmácias, dirigido por guidão, como uma bicicleta; terminou seus dias aos pedaços, depois de uma violenta explosão. Uns cinco anos depois já havia doze automóveis na cidade. Hoje, catorze anos mais tarde, há dezenas trafegando por aí e pouca gente se espanta com as máquinas fumacentas.

2

Fumando um "fuzileiro", o chofer lava o automóvel, ainda vestido com as calças de pijama e uma camisa. É um homem gordo, especialmente no tórax, o que o faz manter os braços afastados do corpo, pendurados. Alerta, avista-me quando ainda estou distante. Digo-lhe que estou atrasado, deve se preparar depressa a fim de irmos para a gare.

Diante do portão de ferro esmiúço os bolsos, até que me vem à mente o fato de que não tenho mais chaves de minha casa, desde que Camila está morando comigo. Ao pensar em Camila, sinto minha fronte molhar-se de suor. Como irei eu dizer-lhe que preciso viajar?

Passei a noite fora de casa, o que não é nada incomum, mas a história de Olavo Bilac, que para mim parece um sonho, para Camila será um pesadelo. Como sempre, ela vai suspeitar que estive com uma mulher. E quando eu falar na morte de Augusto, ela vai sentir ciúmes de Esther. Vai me perguntar sobre isso. Mas vou mentir.

Não é difícil enganar as mulheres. As mentiras são mais coerentes que a realidade, portanto, mais verossímeis. O que é a mentira, senão uma verdade na qual não acreditamos? A verdade, por outro lado, é algo tão precioso que devemos guardá-la num cofre como se fosse a nossa própria vida. A verdade é um segredo a latir como um cão no abismo de nossa alma, a verdade é uma pequena estrela a brilhar na escuridão da mentira. A verdade é um apostema, um lúgubre ciclone, uma fêmea alucinante. Seco a testa com o lenço.

3

O portão se abre quando o empurro. Subo as escadas, trêmulo, toco a aldrava diversas vezes, com impaciência. O vaso de folha de flandres com leite está ao lado da porta. Desde que proibiram o leiteiro de levar sua vaca de casa em casa, o leite que bebemos perdeu a qualidade, o sabor, a densidade, até mesmo a higiene, presumo. Por outro lado, não chocalham mais as campainhas nas coleiras, as ruas não têm mais tanto estrume e a população não acorda mais com mugidos. As bufarinheiras continuam fazendo barulho de manhã, mas como são, muitas delas, moças airosas, ninguém toma uma providência. A governanta, dona Francisca, abre uma fresta e fica me olhando com um olho só, ressentida, demora a abrir a porta, como se quisesse me castigar.

Na sala, a mesa está posta para uma pessoa, com prato de louça, talheres de prata, candelabro, uma garrafa de vinho, cálices de cristal, guardanapo de cambraia. A cesta de pão está coberta por um pano.

"O senhor não veio para jantar", ela diz.

"A dona Camila está acordada?"

"Ela não dormiu essa noite, chamava pelo senhor a cada instante, pedia que eu fosse olhar se o senhor estava chegando, pois ouvia os passos. Quando escutava um cachorro latir, mandava que eu fosse olhar se era o senhor. Se passava um cavalo ela ouvia os cascos e pensava que era o senhor."

Finjo não perceber as insinuações de dona Francisca, estou acostumado com suas ironias jocosas, ela me tem como a um seu filho e ao mesmo tempo marido pois se põe no lugar de Camila, apieda-se dela, conspira contra mim na cozinha, no quarto, nos jardins. Peço-lhe que vá ao meu quarto de vestir e separe duas mudas de roupa, prepare a maleta com os estojos de viagens curtas, pegue meu capote no baú, a echarpe e a cartola. Ela desaparece no corredor.

4

Fico imóvel, no meio da sala. Ouço a voz rouca de Camila, vinda do andar de cima, chamando por mim. Subo as escadas, atravesso a sala de chá, a sala de leitura; empurro a porta do quarto, entreaberta.

Camila está deitada, como sempre. Veste uma camisola desarranjada, de maneira que lhe deixa os ombros descobertos. Seu corpo parece feito não de carne e seu fulgor compacto, mas de uma quase impalpável gelatina, uma matéria congelada nebulosa. Há meses ela não sai de casa, nem mesmo para tomar um pouco de sol no jardim. Mal se move sobre a cama, onde passa a maior parte do dia, feito uma lesma, lendo as gazetas e comovendo-se com os romances de Zola, uma triste dama das camélias, sem regeneração porque não houve pecado; deixa-se ficar nas estações intermediárias entre o sono e o despertar, entre o sonho e a realidade, entre a vida e a morte. É uma rapariga romântica que confunde, como tantas outras, o que se passa na vida real com o que lê nos livros de romances. Olha para fora apenas através da janela protegida pela cortina de renda. A palidez de sua pele me faz imaginar Esther chorando por Augusto; sorrio. Camila sorri.

"Ah, você!", ela diz. "Demorou a chegar."

"Você está bem?"

"Sim. Mas não consegui dormir."

"Esperando por mim? Já lhe pedi que não fizesse isso."

"Tive suores noturnos. Mas a Chica me fez a fricção com vinagre e sal, e melhorei. Não dormi por causa do barulho, teve festa na casa de Rui Barbosa, os automóveis chegavam e saíam, roncando, a música não parava de tocar, as pessoas falavam alto, riam, soltavam foguetes, os cachorros latiam a cada estranho que passava na rua, foi um inferno. Em um momento, porém, uma mulher cantou, acompanhada ao piano, uma canção que me embalou e me fez feliz. E quanto a você? Ficou a noite inteira com os boêmios conversando sobre poesia?"

"Você não pode imaginar o que me aconteceu: encontrei Olavo Bilac."

"Olavo Bilac?"

"Sim, Camila."

"Não pode ser. Li na gazeta que Olavo Bilac está numa de suas frequentes viagens à Europa. Deve ser algum outro poeta."

"Pelo que me consta, o senhor Bilac chegou de Paris recentemente."

"O tio Bernardino esteve aqui", ela diz, "pálido como um boneco de cera. Acabou de sair."

"Ele viu você?"

"Não, claro que não. Mas fui até a beira da escada e o vi na sala, não mudou muito, desde aquele tempo, apenas engordou um pouco e seus cabelos embranqueceram ainda mais. Ele precisava falar com você. Parecia ter algo terrível a dizer, muitas vezes se entregava a um choro convulsivo, depois se refazia, enxugava as lágrimas e ficava sentado, soluçando, com o lenço na mão. Tive tanta pena dele. Usava um sapato preto e um marrom, pode imaginar algo assim? Coisa de velho. Esperou por você durante quase uma hora. Creio que alguma coisa de terrível aconteceu."

"Augusto morreu."

"Oh! Que desgraça! Pobre rapaz."

Camila se torna ainda mais sombria, e reflexiva. Creio que está fazendo fantasias a respeito de Esther.

"Esta foi a noite mais triste de minha vida", digo.

5

"Conte-me seu encontro com Olavo Bilac."

"Uma coisa realmente extraordinária. Foi de madrugada. Encontrei-o na rua e o abordei. O senhor Bilac e eu conversamos alguns instantes. Ele parecia ter bebido um pouco, seu hálito cheirava a álcool. Depois ele me seguiu."

"Seguiu você? Mas por quê?"

"Decerto desejava conversar. No Passeio Público, sentou-se no banco ao meu lado durante um longo tempo, com o livro de Augusto sobre as pernas."

"Ele estava sozinho? Ou acompanhado de alguma baronesa, ou uma viúva negra?"

"Sozinho. Por favor, não o ofenda."

"Desculpe-me. E você? Pretende ir para Leopoldina assistir aos funerais?"

"Não posso deixar de ir, Camila."

"Como você soube da morte de Augusto?"

"A mensagem veio pelo telégrafo. Eu perambulava pela rua quando encontrei um jornalista conhecido meu, que trabalha no *País*, e tremendamente embaraçado ele me disse que Augusto tinha acabado de morrer. Não acreditei, podíamos estar falando de pessoas diferentes, afinal foi uma conversa tão breve, o jornalista estava apressado, havia alguém esperando-o numa tasca. Fui aos Correios e Telégrafos, acordei o telegrafista, passei um telegrama para Leopoldina e de lá me responderam confirmando a morte de Augusto."

Camila mergulha em pensamentos. Lágrimas rolam dos seus olhos, finas como se fossem despejadas de um conta-gotas. Seco-as com o meu lenço. Mas não é a morte de Augusto que a faz chorar.

6

"Não se preocupe", digo. "Logo vou voltar. Você está pensando nela, não é? Está pensando na Esther."

Camila nega, acenando com a cabeça.

"Não pense tolices", digo, "vou apenas assistir a um funeral, nem sei se poderei falar com Esther, vou dar-lhe os meus pêsames, oferecer-lhe meus préstimos, você sabe, ela deve estar precisando de ajuda, e Augusto era como um irmão para mim. Não sofra, por favor."

"Não estou sofrendo", ela diz com uma tristeza perfeitamente dissimulada.

Sei que Camila está sofrendo, apesar do sorriso em seu rosto. Ela esconde seus sentimentos, e quando os revela é apenas para confundir-me ainda mais. Se tivesse má índole, seria terrivelmente perigosa, pois sabe enganar com destreza, é capaz de dizer uma verdade ou uma mentira com a mesma naturalidade. Sendo boa e generosa, usa sua aptidão apenas para me seduzir e para enganar a si mesma.

"Não fique assim, Camila, está despedaçando meu coração."

"Assim como? Estou cansada, apenas isso, não dormi direito essa noite."

Penso em Esther, em seu sorriso extrovertido, sua imediata ligação com o mundo, na sua facilidade em trocar palavras com os seres humanos, em sua mobilidade física e mental, co-

94

mo se tivesse o destino e o espírito levados pelo vento entre furnas lôbregas, clareiras radiantes, solidões alpestres, fecundos vales; desejo escrever uma poesia sobre ela, sobre seus olhos que de pedras de gelo em um instante se transformam em brasas.

7

Camila é delicada, introvertida, reflexiva; tem traços suaves; seu corpo se arruina como se fosse uma casa abandonada. Quando a conheci, na Paraíba, era uma menina excitável, que vivia sob os cuidados de pessoas por demais condescendentes. Sua introspecção levava a um desenvolvimento anormal de sua mente sensível num corpo frágil. Aos dezoito anos de idade cuspiu sangue e descobriu-se que estava tísica. A doença lhe afetou os ossos e as articulações, tinha dores persistentes e inchação; suas cordas vocais também foram contaminadas e ela passou a falar com essa voz rouca. Emagreceu mais de dez quilos em poucas semanas. Veio para o Rio de Janeiro; internou-se num sanatório para tísicos, sendo tratada com descanso absoluto e regime de leite, ovos, frutas e verduras, exposição à luz solar e respiração de ar puro, quando escrevia um melancólico diário onde citava o Paraíso a cada página. Fez uma operação de pneumotórax. Em pouco tempo estava recuperada e pôde voltar à vida normal, vindo passar alguns dias comigo antes de voltar para sua casa na Paraíba.

Todavia nunca mais foi uma pessoa comum. Passa os dias e as noites comendo guloseimas, mas vomita o que comeu e não engorda um grama sequer. Olha-se no espelho, pergunta centenas de vezes se está magra demais, se seus olhos estão encovados e por mais que eu lhe diga que seu aspecto está bom — o que é uma piedosa mentira, Camila está cada dia

mais branca, de olheiras roxas, sua pele colou-se ao esqueleto —, ela repete as perguntas obsessivamente.

Está comigo há cerca de dois anos. Logo que veio para cá,
seus pais e seus irmãos, desesperados, buscaram-na em hospitais, recolhimentos, conventos, até em necrotérios. Dezenas
de cartas foram enviadas a amigos e conhecidos, retratos de
Camila foram publicados em jornais, sua família prometeu
uma recompensa para quem desse um indício de seu paradei-
ro, mas tudo foi em vão.

Falei-lhe por diversas vezes sobre a angústia que estava
causando a seus parentes, porém ela manteve-se irredutível,
achava que sofreriam ainda mais se a vissem tão magra e pálida. Hoje ninguém mais de sua família a procura. Devem pensar que morreu.

8

Beijo a face de Camila.

"Tenho tanta vergonha da minha magreza. Você acha que estou magra demais?"

"Não pense nisso."

"A Chica disse que estou muito magra, que magreza demais é feio. Se o tio Bernardino me visse, tenho certeza de que iria desmaiar."

"Na Cochinchina, Camila, as mulheres tingem os dentes de negro, isso lhe parece muito feio, não parece? Pois para os homens de lá é excitante. A tribo dos trarsas, entre Talifet e Tungubutu, obriga as raparigas a engolirem imensas panelas de manteiga, para que fiquem gordas. Viu? Lá, são bonitas as mulheres gordas. Mas, para mim, são bonitas as magras, isso não quer dizer que você esteja magra demais, você engordou um pouquinho nos últimos dias, não percebeu? Vou cantar uma música para você, é assim: 'Tu és beeeeeela, são magros os teus meeeeeembros, mas, minha amada, inda serás mais beeeeeela se beberes o leite de cameeeeeeela'." Ela sorri; dessa vez, creio, sinceramente. Beijo seus pés. "Preciso ir, minha querida, o carro está me esperando, aqui em frente."

"O carro que você comprou no leilão?"

"Sim."

"Na frente da casa?"

"Sim."

"Posso vê-lo?"

"Sim, evidentemente. Venha."

Surpreso com sua decisão, ajudo Camila a levantar-se da cama e levo-a à janela. Camila solta um balido triste ao ver o automóvel na rua. Talvez sonhe com uma viagem, com a mobilidade nefelibática das outras mulheres, com o mundo passando por seus braços como se fosse um vento. O chofer conversa com um rapaz das vizinhanças. Tenho a impressão de que falam a meu respeito, pois o rapaz ouve atento e às vezes volta o rosto e olha para a minha casa, balança a cabeça negativa ou afirmativamente, faz perguntas, segura o cotovelo do chofer. Na casa de Rui Barbosa, em frente, luzes de janelas permanecem acesas, posso ver vultos de homens idosos, sentados, conversando seriamente; nos jardins, empregados recolhem louças, mesas, cadeiras, garrafas vazias, guardanapos sujos, uma luva perdida. Em alguns automóveis estacionados na frente da casa, os choferes dormem sentados ao volante. Sempre tive vontade de ir às festas em sua casa, frequentadas por belíssimas mulheres, de peles de leite ou pêssego, bailarinas, cantoras, pianistas, sendo a mais esplendorosa de todas sua filha, Maria Adélia, que tem o frescor de uma menina do Sion.

Em muitas manhãs eu o vejo sair para o trabalho. Rui aparece à porta, como sempre vestido em paletó azul-marinho cortado na Raunier, chapéu de feltro, camisa de peito duro. Respira o ar da manhã, olha o céu. Tem sempre nas mãos uma pasta com papéis, certamente decretos, pareceres, discursos, o que seja. Ao passar no jardim, para diante de flores, cofia seu bigode prateado, dá ordens a um jardineiro, caminha apressado e entra no carro, em direção a seu escritório, na Cidade Velha. Tem um jeito meio londrino adquirido no exílio, apesar de nervoso. Seus olhos parecem soltar faíscas elétricas. Nunca repete uma gravata. Sei que nos fins de semana cultiva rosas, protegido por um avental longo, com tesoura na mão enluvada, às vezes acompanhado de Maria Adélia.

"Pensei que o seu carro fosse azul", diz Camila. "Mas é preto e amarelo."

"Por que pensou que fosse azul?"

"Sonhei, há algumas noites, que você fugia num cavalo azul."

"Não pense mais nisso, Camila. Logo depois dos funerais, volto para casa."

"Leve-me de volta para a cama, estou ficando com as pernas trêmulas."

Deito-a na cama, beijo-a no rosto.

"Eu não estarei aqui quando você voltar", ela diz, segurando com força a minha mão.

"Não diga bobagem, Camila. Nada vai lhe acontecer. Está bem, querida?"

Camila se debruça sobre a bacia, tosse repetidas vezes, cospe. Vejo uma pequena mancha vermelha na bacia, que me faz estremecer por um instante. Camila está novamente cuspindo sangue.

Ela empurra a bacia para debaixo da cama, escondendo-a.

9

O sangue na bacia tem um terrível significado. Devo ficar a seu lado para ajudá-la, chamar um médico com urgência, fazer com que ela se trate, levá-la a uma estação de cura, Camila precisa de mim, sou a única pessoa que ela tem neste mundo, ela me ama sinceramente, daria sua vida por mim, deixaria de ir ao enterro de sua avó, de seu pai, de sua mãe para ficar ao meu lado se eu estivesse doente, e tenho que fazer o mesmo por ela, ficar. Mas desço as escadas, correndo.

Cada degrau me parece a descida ao inferno. Ouço a tosse rouca de Camila, no quarto, imagino-a soltando uma golfada de sangue, e depois o silêncio, a imobilidade, a morte, o corpo frio de Camila estendido na cama; a cada passo me sinto mais vil e egoísta, porém algo me empurra para adiante, é como se eu tivesse que atravessar uma parede, Camila se hospedou em minha casa, com toda sua doçura tomou posse do quarto, da sala de banhos, da sala de costura, das outras salas, afinal de todo o segundo andar, sua frágil presença, sua voz rouca, seu perfume foram impregnando as paredes, os tapetes, as cortinas, as louças, os candelabros, ela se apossou de tudo, os empregados passaram a viver para servi-la, depois que ela veio morar aqui nunca mais me senti bem nesta casa, era como se eu fosse um estranho, e entreguei-me a perambulações pelas ruas, dia e noite, para me ver livre de sua tristeza insolúvel, de sua presença inevitável, é difícil imaginar como alguém tão débil pode ter tamanha força, é como se ela tivesse dezenas de pernas e braços. Camila me faz relembrar um passado que me angustia, que gostaria de esquecer para sempre, mas não consigo, muitas vezes desperto no meio da noite com um sentimento amargo de algum sonho que não me recordo, mas que sei do que tratava.

Quando piso o último degrau, meu corpo perde o peso, quase flutua. Entrego-me ao prazer da impressão de ausência de força de gravidade, deve ser o que sentiu Augusto ao deixar este mundo; uma libertação total.

10

Na sala, dona Francisca, ajudada pela criada de quarto, põe a maleta sobre um móvel e escova a lã do capote preto. Vou ao quarto de vestir, abro um baú e dali retiro um cofre de ferro, dentro do qual guardo uma boa soma em dinheiro. Separo uma parte, que meto no bolso. O resto, entrego para dona Francisca.

"A senhora cuide de dona Camila, não deixe faltar nada nesta casa."

Ao transpor o jardim, por um instante hesito; ouço ao longe a tosse de Camila.

O morcego tísico

1

    O automóvel causa-me uma sensação de vertigem. A fumaça me dá náuseas. O motor em funcionamento faz trepidar meu corpo e a velocidade acelera meu coração. Ponho-me bem encostado à janela. As ruas estão desertas e o carro prossegue, sem obstáculos. Sinto medo dos avanços do mundo, não sei aonde vão levar. Tenho vergonha de possuir algo tão caro, numa cidade em que tantas pessoas passam privações.
    As copas das árvores se sucedem com velocidade, logo depois fachadas de sobrados enfileirados. Postes da nova iluminação pública cortam a paisagem; ainda há algumas gambiarras de luz a gás, embora raras. Passamos pelo cais Pharoux, onde turcos e ciganos dormem nos canteiros dos jardins; nos quiosques, carregadores, cocheiros, malandros, boêmios tomam café, apenas um pretexto para beberem uma parati logo pela manhã. Avisto vitrines de botica, um espelheiro, uma charutaria, uma casa de fotografias, uma confeitaria, um ou outro boêmio cambaleando na rua em seu paletó de alpaca, cigarro nos lábios.

2

O carro passa diante do sobrado de janelas altas, com escadas que rangiam, onde morou Augusto. Agora parece outro. A morte paira sobre as paredes, pelas janelas, pousa no telhado como uma ave agourenta e empresta sua nobreza à casa. Com seu inabalável prestígio, seu perfeito senso de justiça, cometeu todavia, no caso de Augusto, um ato egoísta; mas afinal ela sempre é justa.

"Mais depressa", digo ao chofer. Há um tílburi no meio da rua, que nos obriga a ir devagar. O chofer toca a buzina do automóvel. Os cavalos se assustam e empinam, desimpedindo a passagem.

Sinto que Augusto não morreu completamente, pois a única maneira de se morrer completamente é ser esquecido e ele permanece na mente de muitas pessoas. Para Esther ele está ainda caminhando pela casa, deitando-se com ela na cama, falando, na alcova beijando-a, fechando a porta com delicadeza ao sair para dar aulas. Para Dona Mocinha ele é ainda e sempre será aquele menino que tomava aulas debaixo do tamarindo, falava sozinho e arrancava páginas dos livros para ler escondido, o menino que ficava a contar as telhas da casa-grande e as estrelas nas noites de medo, o menino que escrevia poesias zombeteiras, o adolescente de galochas que acenava da janela do trem, o jovem que escrevia "seu filho ex-corde" e a consultava antes de tomar qualquer decisão.

Nas minhas lembranças Augusto não está morto; mesmo quando penso nele deitado dentro de um caixão, ele está vivo, porque em seguida o vejo caminhando numa aleia, ou sentado num café tomando vermute ou rindo às gargalhadas em um cinematógrafo; a mente ignora o tempo.

3

À direita está o cais, com seus belos e altos navios, os guindastes de ferro, os armazéns. Esta foi, durante algum tempo, a paisagem que Augusto via de sua janela. Talvez tenha se hospedado diante do cais porque desejasse ir embora. Quem sabe, pressentisse seu fracasso no Rio de Janeiro. Augusto morreu sem realizar nem mesmo seu mais trivial desejo, de conseguir uma colocação na capital, que desse a si e a sua família alguma segurança. Como pode ter acontecido isso a uma pessoa como Augusto? Como pode um homem criado pela família com toda atenção e cuidados, bem preparado, nota máxima nos estudos, com fama de o mais sabido, o mais inteligente, o mais erudito, o mais estudioso, o melhor tradutor de grego, o melhor declinador de latim, o melhor conjugador de verbos franceses, o melhor em gramática, história, geografia, português, ciências, o de mais farto vocabulário, mais sólida argumentação, imbatível em qualquer exegese, o que leu mais livros, o maior humanista, o de maior lucidez, de mais agradável retórica, mais brilhante eloquência, grande palestrador, notável defensor de ideias nos jornais, smartíssimo, sabedor de teorias as mais complexas, ele mesmo teórico, que sabia citar os mais remotos autores, além dos menos remotos, casado com mulher decente, canônica, um homem limpo, cheiroso, cabelos lisos, pele branca, com todos os dentes etc. e tal ter uma vida tão melancólica e sem oportunidades? Nem mesmo um emprego para alfabetizar filhos de proletários, quando qualquer professora que conhece um pouco mais do que o ABC tem uma vaga à sua espera numa escola.

4

Sei das tribulações de Augusto atrás de um trabalho no Rio de Janeiro. Sua partida da Paraíba "madrasta monstruosa enxotadora de seus filhos" — lembro-me perfeitamente de sua imagem no porto, ao lado das malas, usando um chapéu de sol e um par de botinas clark — foi após o desentendimento e sua enérgica reação contra a diatribe do Joque, presidente da província, admirador de Augusto e que, no entanto, agiu como se fosse seu inimigo. O fato foi quase uma tolice, uma dessas pequenas coisas que mudam enormemente o destino de uma pessoa. Mas para Augusto representava muito.

Depois de formado ficou sócio de um colégio para crianças, uma espécie de *kindergarten* froebeliano com duas sessões primárias. Após seis meses, mesmo tendo investido todo o seu dinheiro, desistiu da empresa e vendeu sua cota; estava envolvido com os trâmites administrativos do colégio, quando preferia o magistério, o estudo, o contato direto com os alunos. Pouco depois ele recebeu sua parte na venda do Engenho do Pau d'Arco e decidiu passar um tempo no Rio de Janeiro, onde já estavam Odilon e Alfredo e para onde iam os desassossegados em busca de um mundo mais amplo. Augusto tinha entrado numa competição pela cadeira de história da literatura no Liceu Paraibano e não foi escolhido, mesmo sendo culto e de grande talento; em seu lugar nomearam, por interesses políticos, um deputado apaniguado de Cazuza Trombone, que jamais ocuparia o cargo, ficando ele apenas como interino. Augusto sentiu-se magoado, mas preferiu se calar diante da injustiça.

Porém, como resolveu ir para o Rio de Janeiro, pediu ao Joque para licenciá-lo com a garantia de que, se voltasse da metrópole, seu lugar de interino estaria vago. A família do governador, especialmente dona Belinha, era amiga dos Carvalho Rodrigues dos Anjos. Artur dos Anjos, que era promotor público na Paraíba, tinha ajudado o Joque em diversas ocasiões, inclusive mandando requerer a apreensão de virulentos pasquins, o *Papagaio* e o *Chicote*, que faziam oposição ao governo. Mesmo assim Joque argumentou que não poderia licenciá-lo pois era contra a lei, uma vez que Augusto tinha o cargo de apenas professor interino. As licenças eram permitidas somente aos professores efetivos. Ora, Augusto não era efetivo por causa de uma trapaça cometida contra ele, e disse mais ou menos isso ao presidente, com a aguda fineza que sempre o caracterizou. Mas João Machado se negava terminantemente a conceder o pequeno privilégio. Amigos e familiares intercederam junto ao presidente, afinal, Augusto era um poeta de talento, um homem ilustre, que já tinha certa fama na província, embora jovem estava perto da venerabilidade, iria engrandecer o nome da Paraíba entre as hostes intelectuais da metrópole, iria incendiar com seus versos as folhas das gazetas e poderia estender ao resto do país a inteligência e demais virtudes paraibanas. Já tinha merecido um rodapé no *A União*, escrito por nada mais nada menos que Rodrigues de Carvalho, a respeito da publicação do poema "As cismas do destino", de versos "rijos, confusos, frios e ilógicos", onde havia a consciência misteriosa de um mundo artístico e filosófico que se pressente existir mas que não nos é dado compreender. Augusto foi chamado de "talento que toca a decantada neurose do gênio", e teve seu nome ligado ao do maior poeta italiano, "passando a outro círculo do Inferno, ao ceticismo moderno", e ao de Poe: o maior de todos os poetas atuais da

Paraíba, o rapaz tímido, em sua postura natural, que "toma as proporções de um Edgar Allan Poe". O jovem que já era, aos vinte e quatro anos, discutido nas tertúlias noturnas realizadas na redação de *O Comércio*, na casa da Barão do Triunfo, onde o consagraram como o brasileiro que poderia ter escrito *Fleurs du mal*. O que custava dar-lhe uma licença?

5

    Joque manteve-se irredutível. Lei é lei, dizia, embora tivesse poder para concessões especiais e o fizesse sem parcimônia, quando era de seu interesse político ou pessoal. Por que Joque não quis fazer um pequeno favor a Augusto?
    A aula inaugural de Augusto fora anunciada nos jornais, alardeada de boca em boca pela capital; a ela compareceram, além dos alunos inscritos, os mais respeitados intelectuais; ele foi considerado uma grata e fagueira esperança da Paraíba, um sol rodeado de satélites escuros que em torno dele gravitam. Os elogios são facas afiadas, que atingem perversamente as pessoas às quais se dirigem, seja por criarem nelas vaidades, seja por despertarem inveja nos outros.
    Augusto passou por cima de seu orgulho e insistiu, gentilmente disse ao doutor Rocambole — assim chamávamos o presidente — que, se quisesse, poderia resolver o problema, bastava um pouco de vontade. O Joque se irritou e disse a Augusto para retirar-se da sala. "Não me amole mais!" Foram essas as palavras que usou, para dispensar de sua sala, e de sua vista, um homem com a sensibilidade de Augusto.
    Ele pediu demissão de seu cargo e partiu para o Rio de Janeiro, com a promessa de que nunca mais voltaria à Paraíba.

6

Muitos poetas e intelectuais amigos de Augusto ameaçaram deixar a Paraíba, em represália à atitude do Joque, inclusive eu. Mas ir para o Rio de Janeiro já era um sonho antigo na cabeça de todos nós. O Rio de Janeiro significava demais para os provincianos, era uma cidade atraente, onde corria o sangue do país, onde viviam os poetas famosos, as cocotes, as tinatatis, os políticos que decidiam, as francesas e inglesas, os grandes bailes do Rio eram imitados na província, todo o país copiava o comportamento dos homens fluminenses, os duelos dos boêmios no Rio se multiplicavam pelo interior, as novidades femininas eram ditadas pelo Rio de Janeiro, disputavam-se avidamente os jornais fluminenses nas estações de trem ao longo de todas as linhas, esperávamos notícias pelos telégrafos e quando as folhas não tinham referências ao que se passava na capital ficávamos decepcionados, não nos bastavam nossas cidadezinhas provincianas, nem nossos poetas imitadores, nem nossos lupanares com fêmeas gordas, macambúzias e monoglotas, nem nossas escolas rígidas, nem nossos fraques cortados por alfaiates desatualizados, nem nossas farras e nossos escândalos sem repercussão nacional, nem nossos incêndios, nossas cavalarias, nossos combates ou nossas revoltas. A violenta política local não nos satisfazia, queríamos estar próximos da descontraída cidade onde tudo se decidia. O que se passava nas alcovas, nos escritórios, nos parlamentos, nos estádios, nos campos esportivos, nas confeitarias e cafés, nos palacetes, nas sarjetas, nas *fumeries*, nas ruas do Rio de Janeiro era exatamente a vida, a grande Vida, era o que fazia nosso coração bater mais forte e nossos membros ficarem para cima. E os jovens deixavam suas províncias, aos magotes, rumo à glória cosmopolitana.

7

Logo que Augusto chegou ao Rio, muitos políticos lhe prometiam emprego, não sei se por delicadeza convencional de momento ou se movidos pelo intuito sincero de lhe prestarem reais benefícios. O jornalista diretor de *O País*, o Maximiano de Figueiredo, deputado pela Paraíba, prometeu a Augusto arranjar-lhe uma colocação importante. Doutor Maximiano disse a Augusto que poria de lado uma legião inteira de outros protegidos para colocá-lo em primeiro lugar, por seus méritos reconhecidos.

Se era diretor de um grande jornal, não podia ele oferecer a seu conterrâneo um lugar de cronista? Linotipista? Datilógrafo? Varredor da redação? Nada? Por que insistiam na ideia de Augusto dar aulas? Quem insistia nisso? Ele mesmo? Na província o magistério era o meio que melhor possibilitava uma ascensão social, ou política; a atividade que trazia mais prestígio e solidez. Augusto achava que no Rio de Janeiro ocorria o mesmo. Seria muito bem aproveitado escrevendo nas folhas, como fizera na Paraíba. Ou tinham receio de que seu estilo desagradasse? O tempo passava e nada de emprego. Os políticos deixavam-no esperando nas antessalas, ou mandavam dizer que estavam fora. Por que todos pareciam querer se livrar de Augusto, como se fosse uma peste negra? Que perigo ele representava?

Angustiado com a situação, ele escreveu cartas a amigos, na Paraíba, solicitando auxílio; conversou com Odilon, que se prestou a ajudá-lo; recorreu ao ex-presidente da Paraíba, Álvaro Machado, irmão do Joque, contou-lhe todas as minúcias do incidente. O Álvaro respondeu que "o João é assim mesmo, estourado" e que o ato de repulsa imediata por parte de Augusto havia sido correto; todavia não tomou nenhuma atitude; sua esposa não fora ao cais Pharoux recepcionar Augusto e Esther, quando chegaram da Paraíba a bordo do *Acre*, embora tivesse sido avisada com antecedência; dona Amanda deu uma desculpa esfarrapada mas prometeu visitar Esther, o que, pelo que sei, nunca cumpriu. Todos ficaram moscando-se e subindo a serra, ou seja, se esquivando das dificuldades que impediam a resolução do problema.

8

Com as mãos estragadas de calos pelo ofício aviltante da cavação, o "bacharel depenado, antigo professor de província e possuidor de outros títulos congêneres de desmoralização", como dizia Augusto de si mesmo, continuou sua peregrinação junto aos políticos que lhe prometiam empregos mas nunca faziam nada para cumprirem suas promessas. Quase um ano depois de lutar, finalmente Augusto foi nomeado professor de uma das turmas suplementares do Ginásio Nacional; mas em caráter interino, esperando outros empregos nos estabelecimentos de ensino da cidade, de acordo com suas modestas aspirações.

Logo ficou desempregado novamente. Enquanto isso, peregrinava de casa em casa dos alunos, ganhando um miserável pagamento; e tentava vender apólices de seguro para o espanhol da Sul-América, algo tão contrário a seu temperamento que em poucas semanas desistiu.

Uma vez o surpreendi perambulando pela rua, com uma maleta de couro na mão, sem ter coragem de oferecer as apólices. Nunca o tinha visto tão arrasado. Talvez fosse menos difícil vender canivetes, ou bolas de gude. A morte era algo muito sério e intenso para que ele a misturasse com o comércio.

Parou diante de uma porta. Ficou, estático, olhando as almofadas de madeira, até desistir. Saiu caminhando, determinado, como se tivesse tomado uma decisão; hesitou, parou no meio da rua, quase foi atropelado por uma vitória, voltou para a calçada, olhou desconsolado a fileira de sobrados, escolheu um e parou diante da porta, dessa vez com mais coragem; depois de longa hesitação bateu de leve. Como demorassem a atender ele foi saindo, quando a porta se abriu e uma moça o atendeu com um sorriso, que se desvaneceu às primeiras palavras que Augusto balbuciou; a jovem acenou negativamente com a cabeça, sorriu de novo, penalizada, tentou conversar mais um pouco mas ele saiu, apressado, como se quisesse se esconder.

Quis falar-lhe, mas seria uma humilhação maior ainda para ele saber que eu o tinha visto em tal situação. Fiquei tão perturbado com a cena que entrei num café e bebi vários drinques, pensando que se Augusto fosse um cão vadio certamente seria mais bem tratado pela vida. Pelo menos não seria tão infeliz, cães não sentem tristeza; ou sentem? O que estava acontecendo com ele? O quanto ele mesmo era responsável por seu dilema? Existe destino? Estava ele se mirando nos exemplos dos grandes poetas que tiveram vidas trágicas? Não havia nada de trágico naquilo; a tragédia pressupõe uma grandiosidade, o que acontecia com ele era mesquinho, era melancólico, seria melhor que lhe dessem um tiro, que lhe cortassem a cabeça, que o exilassem ou que o jogassem numa cela úmida. Mas ele foi condenado à indiferença. Nada pior do que isso. Augusto deveria se jogar ao mar, ou meter a cabeça num forno para mostrar ao mundo sua dimensão divina. Em vez disso, batia de porta em porta oferecendo apólices de seguro de vida, triste como um macaco numa jaula. Teria ele necessidade da tristeza para se inspirar? Seriam as vicissitudes um alimento para seu espírito? O quanto somos donos de nós mesmos? Todas essas dúvidas aferroavam meu coração. Por que ninguém lhe dava um trabalho? Por que ninguém o ajudava? Por que *eu* não o ajudava?

9

Embora fôssemos grandes amigos, havia uma barreira intransponível entre nós; talvez fosse entre ele e o mundo. Augusto não se comunicava com o exterior, vivia mergulhado em suas sombras numa tal profundidade que ninguém conseguia alcançá-lo. Talvez nem mesmo Esther. Como deveria ser para ela a vida ao lado de um homem tão angustiado? Entre conhecidos, Augusto era falante, eloquente, engraçado; entre amigos mais íntimos, era grave e confessional. Com Esther talvez fosse silencioso, ausente, até mesmo frio. O noivado deles fora imerso em nostalgia. As dificuldades financeiras deviam estar tornando a vida do casal um inferno. Sei que Esther pedia a Augusto que a deixasse dar aulas particulares, mas ele jamais permitiu que sua mulher trabalhasse. Preferia passar fome.

Tendo ou não passado fome, o fato é que nunca me esqueci da magra e triste figura de Augusto em pé no meio da rua, segurando uma pasta de couro cheia de apólices, imóvel, cabisbaixo. Nem poderei me esquecer disso. Ninguém poderia se esquecer disso.

Pensei em matá-lo, como um gesto de amor, como a mãe corajosa mata seu filho doente que sofre. Cheguei a planejar o crime, eu entraria em sua casa e atiraria em seu coração. Assim destruiria minha vida, seria odiado por Esther, seria condenado e preso, sofreria humilhações, mas construiria uma digna biografia para Augusto. Ele se tornaria um herói. Ruminei a ideia do assassinato durante muito tempo, frequentei balcões de tiro ao alvo, participei de torneios, comprei uma pistola e munição, espreitei sua casa, anotei sua rotina, escolhi o momento certo; mas não tive coragem.

10

Nesse tempo Augusto recebeu uma "honraria meio platônica", mas que não deixou de alegrá-lo e elevá-lo do ponto de vista científico e literário: seu nome foi incluído numa associação de pedagogos chamada Enciclopédia Nacional do Ensino, que cuidava de recomendar ou impugnar livros escolares a serem publicados no país. Com ele estavam Coelho Neto, Alberto de Oliveira, Joaquim Firmino, Humberto Gotuzo, nomes que jamais serão esquecidos. Isso significava um reconhecimento de sua erudição; era como se lhe dissessem para ficar no Rio de Janeiro, mas por pouco tempo.

Foi nessa época que Augusto conheceu Alberto de Oliveira, um sujeito ateniense, nascido sob o céu puríssimo da Hélade, alto e esbelto como o Apolo de Belvedere, mãos nervosas, testa ampla, olhos magníficos, autor de "A borboleta azul" e de umas boas dezenas de poesias de entusiasmo clássico e êxtases panteístas. Qualquer um teria inveja dele. Eu teria. Até Olavo Bilac teria. A irmã de Alberto de Oliveira, de uma formosura estonteante, conforme dizem, foi o grande amor de Bilac, sua noiva, a musa que o fazia atravessar na barca Ferry a baía, todos os dias, para visitá-la na Engenhoca. Alberto de Oliveira era amigo de juventude de Olavo Bilac e continuaram amigos com o passar dos anos. Viviam elogiando-se mutuamente nos jornais. Deviam ter a mesma idade, pois estudaram medicina juntos. Existe uma famosa fotografia de ambos, com

Raimundo Correia, que ficou durante meses exposta no ateliê de um fotografista na rua do Ouvidor.

Neste retrato, Alberto está sentado à esquerda. Dá a impressão de ser um europeu, pois é muito alvo, tem cabelos claros e lisos, sabe sentar-se e usa roupas elegantíssimas; Bilac o olha quase com reverência, mas tentando manter entre eles uma prudente distância. Apesar de minha impressão contrária, dizem que Alberto de Oliveira tem o temperamento recatado, melancólico, terno; com nobreza, despreza os aplausos. Espalhou, com Bilac, versos irônicos e fesceninos na imprensa. Nas *Poesias*, Bilac dedica-lhe um poema, creio que "A sesta de Nero".

Será possível que Alberto nunca tenha comentado nada sobre Augusto? Não acredito que Bilac ignore ter sido Augusto um dos membros da comissão que o elegeu o Príncipe dos Poetas. É inacreditável que nunca tenha ouvido os debates e argumentações, nos cafés, nas livrarias, nas ruas, nos jornais e revistas, quando da publicação do *Eu*. Teria Bilac mentido para mim quando me disse nunca ter ouvido falar em Augusto? Provavelmente. Mas por quê? Talvez desconhecesse a poesia de Augusto; ou desejasse se eximir de dar opinião. É possível que sentisse inveja da alma de Augusto. O espírito neurótico baudelairiano de Augusto é almejado pelos poetas. A poesia não mente, um poeta mórbido é necessariamente uma alma patológica; hoje todos aspiram a possuí-la. Não quereriam, se soubessem que dores tremendas causava em Augusto. Ele sentia agulhas, alfinetes, pregos enterrados em seus olhos; e uma sensação de esmagamento no corpo. Era o peso de sua alma, que o mortificava.

11

O dinheiro que Augusto ganhava na associação de pedagogos também era insuficiente para suas despesas. Ele publicou numa gazeta, durante um mês, um anúncio oferecendo-se para preparar alunos para o exame de admissão aos cursos superiores, e também diversas matérias do curso de direito; as aulas seriam dadas na Escola Remington de datilografia, na avenida Central. Havia procurado essa escola para ali pedir uma colocação como professor, mas levaram-no a uma miserável sala e lhe permitiram que a usasse em aulas particulares, desde que pagasse uma parte sobre seus ganhos. De pouco, ou nada, adiantou. Por indicação do Ministério da Agricultura, fez parte de uma comissão examinadora num concurso de admissão a uma obscura escola agrícola recém-fundada, mas penou para receber a parca remuneração pelos serviços.

Enquanto isso, Aprígio, reconhecidamente menos talentoso e culto, era festivamente nomeado juiz federal, em Mato Grosso; a vitória do irmão deixou Augusto feliz, claro, porém ainda mais ciente de suas dificuldades e de seu fracasso. Embora preferisse história e literatura, deu aulas de geografia durante algum tempo na Escola Normal, mas apenas para substituir outro professor faltoso. E sempre, numa luta de Ahasverus do magistério obscuro, continuava caçando por toda parte alunos particulares, esperando o dia da desforra.

Augusto foi se tornando infeliz. Entregava-se cada vez mais a recordações. Passava às vezes horas parado no cais

Pharoux esperando a chegada do navio semanal do Loide que trazia as cartas de sua mãe, como se ele quisesse voltar. Não simplesmente voltar para sua terra e sua gente, como antes, mas voltar no tempo, voltar a ser criança, voltar a possuir o Engenho do Pau d'Arco.

12

Não se pode dizer nem mesmo que houvesse contra Augusto alguma restrição quanto a suas crenças políticas; ele era partidário do civilismo e não escondia de seus amigos que votava contra a interferência dos militares na política, mas isso não significava que fosse perigoso ou incômodo para alguém.

Talvez o aspecto de Augusto, excessivamente magro e escuro, seu ar de morcego tísico, seu jeito diferente, sua fama de poeta macabro, de comedor de sombras, seus apelidos de Doutor Tristeza e Poeta Raquítico, sua imaterialidade — vivia decididamente em outras esferas — fossem a causa da desconfiança que sofria.

Quiçá não fosse desconfiança, mas desinteresse; era um sujeito da província, sem nenhum poder político, nem econômico, sem prestígio social na metrópole; não era casado com filha de família rica, não era frequentador do clube dos Diários nem dos domingos petropolitanos, não saía nas páginas das folhas, não era cronista, enfim, nada tinha para dar em troca de um emprego, a não ser suas qualidades pessoais como professor e erudito, o que traria benefícios somente aos seus alunos. Isto era pouco. E Augusto se via empurrado de um lado a outro, levava pontapés como se fosse uma pedra da rua. Doutor Maximiano não lhe conseguiu nada, envolvido com o fervedouro dos negócios políticos.

13

Entendo as dificuldades do doutor Maximiano; a cidade — até posso dizer, o país e o mundo — estava em permanente conflito. As coisas se sucediam atropeladamente. Logo que chegaram ao Rio de Janeiro, Augusto e Esther assistiram pela janela do sobrado à sublevação da marinhagem, podiam ver os couraçados parados no mar; os canhões dos *dreadnoughts*, verdadeiras máquinas de destruição, durante a revolta ficaram assestados sobre diversos pontos da cidade, como o Catete, o Senado, o Arsenal da Marinha, para a qualquer momento bombardeá-la, criando entre a população um terror que "apertou a alma pacífica da população, gerando-lhe, na excitabilidade anormal da vida nervosa, a mais desoladora de todas as expectativas", como disse Augusto. Os marinheiros queriam que fossem abolidos os castigos corporais — chibata e outros — que "degradam a personalidade, reduzindo-a a uma trama biológica passiva, equiparável à das bestas acorrentadas".

Durante os dias da revolta dos marinheiros cheguei ao Rio de Janeiro. Meu vapor ficou preso além do cais, sem poder atracar, durante longas negociações, até que os revoltosos deram licença para os passageiros desembarcarem. Ninguém foi me receber a bordo, embora eu tivesse avisado com a devida antecedência sobre minha viagem; mas minha tristeza logo se desvaneceu diante dos motivos justos que impediram meus amigos e parentes de me receberem com amabilidade. O Rio

129

de Janeiro estava em polvorosa; as famílias tomavam atabalhoadamente os bondes e trens, em direção aos subúrbios. Os *landaulets*, os *double faetons*, as carroças, as vitórias, os tílburis, os *cabs*, tudo que tivesse roda levava gente e suas bagagens para lugares a salvo da mira dos destruidores canhões. Filas de pedestres, com malas e sacos, caminhavam apressadamente pelas ruas em direção ao interior, quando começaram a atirar. Estilhaços de granada feriram diversas pessoas e mataram duas crianças no morro do Castelo.

O sobrado onde moravam Augusto e Esther ficava perto do Arsenal da Marinha, principal alvo dos revoltosos. As granadas explodiam a pouca distância de mim e caminhei por entre a fumaça, as pessoas em pânico, com o papel no qual estava escrito o endereço de Augusto. Encontrei-o na casa de tio Bernardino, no andar de baixo, de mãos dadas com Esther. Tia Alice e Bebé rezavam o terço. Protegido atrás da parede, tio Bernardino olhava pela janela cujas vidraças tremiam a cada disparo. Sentei-me ali junto à família e rezei, também.

Ao anoitecer os disparos cessaram, e Augusto e Esther, juntamente com os tios e mais alguns parentes e agregados, partiram para a Tijuca em busca de abrigo. Eu não quis ir. Fiquei ali, tomando conta do sobrado, que me serviu também de hospedaria.

Porém a anistia logo foi sancionada graças, entre outras coisas, aos discursos de Rui Barbosa e Barbosa Lima após alguns acordos políticos. Os acordos políticos são como as salsichas: nunca é bom sabermos como foram feitos. Dizem que os marujos anistiados foram presos a bordo do *Satélite* e sumariamente fuzilados no tombadilho; no *Minas Gerais* e no *São Paulo*, foram cobertos de cal, como castigo pela indisciplina; não sei se acredito nisso. Hermes governava com sua cabeça marechalícia, mas era um tanto enigmático; alguns o acreditavam autoritário, capaz de rebeldias antirracionais e ilógicas, como permitir o fuzilamento de anistiados; outros diziam ser até capaz de transigir, que não passava de um mercador pacato e cheio de boas intenções. Augusto dizia ser a espada do marechal uma "inestésica faca de ponta, sem relevo ornamental apreciável, jazendo inocuamente na bainha caipora de seu dono, mas que desejava abalar o colosso das oligarquias".

14

Em seguimento às confusões da época, rebentou o conflito ítalo-turco, que agitou a boca da multidão; alguns falavam até em guerra, o que me parecia, na época, uma tolice sem tamanho. Depois houve o estado de sítio em pleno Natal. Então vieram as manifestações nas praças, no Senado e na Câmara, a favor do civilismo. Em seguida houve uma epidemia de influenza, só se falava nos espirros e nas tosses, enquanto se espirrava e se tossia; o doutor Maximiano também caiu doente. Afinal veio o anunciado eclipse que, por causa de um dia nublado, decepcionou a legião de sábios cientistas que vieram de todas as partes do mundo observar o fenômeno prodigioso na diafaneidade de nossos céus. Vieram as candidaturas e as diuturnas discussões, o povo querendo Rui Barbosa como presidente para acabar com a gendarmaria abusiva. Falava-se na volta da monarquia, para "salvatério dos créditos periclitantes". Algumas gazetas ridicularizavam o Hermes — que resolveu contrair novas núpcias com dona Nair de Teffé, a desenhista filha do barão, causa de severas críticas por parte do povo. A anormalidade parecia ser a norma geral. E o emprego de Augusto não saía das promessas fúteis.

Foi assim que ele amargou anos de sua vida, desde que se formou, ao deus-dará das misericórdias alheias, sem jamais conseguir a fixidez com a qual sonhava. Até que em junho mandou chamar-me uma noite a sua casa.

15

Augusto morava na Aristides Lobo, 23, em uma pensão modesta, com um jardim na frente e um amplo quintal onde se podiam colher framboesas. Ocupava um dos quartos, juntamente com Esther e seus agora dois filhos, a menina Glorinha e Guilherme, nascido recentemente. Recebeu-me com alegria e deu-me a notícia: tinha sido nomeado diretor do Grupo Escolar de Leopoldina.

Disse-me que poderia vir sempre ao Rio de Janeiro, pois a cidadezinha ficava próxima e dispunha de linha férrea ligando-a à capital em apenas onze horas de viagem; as condições de vida naquele lugar eram as melhores possíveis, segundo ele soubera. Hedonista e intelectual, Leopoldina era chamada de "Atenas da Mata". Um deputado mineiro, doutor Ribeiro Junqueira, tinha conseguido a colocação, a pedido do concunhado de Augusto, Rômulo Pacheco, casado com Olga Fialho e que era delegado na pequena cidade.

"A viagem será no dia 22 de junho", ele disse.

Esther não apareceu na sala para me cumprimentar; Augusto a desculpou, dizendo que já se encontrava recolhida, com as crianças. Garantiu que Esther estava aliviada com a nomeação e feliz com a ideia de viver perto das irmãs. "E eu também", disse, embora seu olhar parecesse anuviado por alguma mágoa.

133

"Vou destarte descansar um pouco da afanosíssima existência que tenho arrastado até esta data com uma heroicidade muito acima das energias humanas comuns." Decerto Augusto não estava falando sobre a morte, mas este foi o verdadeiro descanso que encontrou na cidade mineira. Era como se, sem ter consciência, tivesse escolhido aquela cidade para morrer.

16

Naquela noite estava falante como nos velhos tempos da Paraíba. Fez uma espécie de confissão de sua alma. Prisioneiro da luta pela vida havia tantos anos, sentia-se obrigado a sufocar logo, na estreiteza prodrômica do nascedouro, seus desejos mais intensos.

"De sorte que a minha vida aparente", ele continuou, "para quem lhe não tem conhecido a substância dolorosa, é a de um indivíduo dotado muito parcamente de afetividade que é, aliás, no meu ver, o fundamento da existência humana."

Augusto não queria maldizer a fase angustiosa que pesara sobre sua vida, na capital da província e no Rio de Janeiro. Dada a compreensão superior que ele tinha do mundo, foi-lhe a infelicidade mais propícia do que adversa à integração de sua individualidade moral e até mesmo intelectual. Ele aceitava em filosofia o Finalismo Otimista de Sócrates, o qual, em termos vulgares, pode ser assim enunciado: tudo quanto sucede é unicamente para o bem. E nessa disposição de espírito calou-se, como um pássaro necrófago na sua solidão.

Sua enigmática revelação quanto à afetividade rondou minha cabeça feito uma nuvem de mosquitos zumbindo. Pensei que se referia a seu amor por Esther, que se acabara — quiçá nunca existira; há homens que não sabem amar, que jamais se entregam ao amor. O amor talvez seja uma espécie de fraqueza de espírito, um vício ao qual nos apegamos apenas para nos desincumbirmos de nossa natural função e nos despirmos de nossa verdadeira alma. Augusto parecia estar se explicando a mim por alguma queixa que Esther lhe teria feito, de sua "aparência de um indivíduo dotado parcamente de afetividade". Inundou-me uma terrível ilusão de que Esther deixaria Augusto. Senti medo. Esta impressão soturna se agravou quando fui dar adeus ao casal, na estação da estrada de ferro.

17

Eles estavam à porta do vagão de terceira classe, despedindo-se de alguns parentes. Esther usava um véu azul caído do chapéu; mantinha-se silenciosa, tomada de um ar melancólico, quase dramático. Secava o nariz com um lenço, como se tivesse chorado. Augusto levava ao colo o menino, e segurava a mão da filha; conversava com tio Generino em voz baixa, sem dar muita atenção à mulher. Esther olhava em outra direção, evitava se aproximar demasiadamente de Augusto. Todo o comportamento do casal me levou a pensar que tinham brigado, que estavam tendo conflitos. Talvez ela não quisesse ir para o interior, mas a Augusto não sobrava nenhuma alternativa. Nenhum dos dois parecia disposto a capitular.

Entraram no trem sem que Augusto desse a mão para ajudar Esther a subir o degrau; logo ele surgiu à janela, enquanto o vulto de Esther se movimentava, delineado por um halo de luz que vinha das janelas do outro lado, seu busto, sua cintura, seus braços erguendo-se para tirar o chapéu, seu cabelo farto preso num coque, a gola de seu vestido. Augusto trocou ainda algumas palavras com tio Generino, quando o trem apitou pela última vez; e partiu.

Parte dois

A viagem

O terror como leitmotiv

1

Corro pelo hall vazio da estação de trens, acompanhado do chofer, que carrega minha maleta. Por sorte o trem para Leopoldina se atrasou mais do que eu e ainda não partiu. O chofer me entrega um bilhete de passagem, que comprou no guichê, sem ter que enfrentar nenhuma fila.

Numa pilastra, há o anúncio dos preços para a quarta classe: PESSOA CALÇADA MAIOR DE DOZE ANOS, MIL E QUINHENTOS RÉIS; PESSOA CALÇADA MENOR DE DOZE ANOS, OITOCENTOS RÉIS; PESSOA DESCALÇA MAIOR DE DOZE ANOS, SEISCENTOS E QUARENTA RÉIS; PESSOA DESCALÇA MENOR DE DOZE ANOS, TREZENTOS E OITENTA RÉIS; POR CADA ARROBA DE PESO, OITENTA RÉIS; POR CADA PIPA OU VOLUME CORRESPONDENTE, MIL DUZENTOS E OITENTA. Outro anúncio informa o percurso e as quilometragens; são dezenas de cidades, sendo as mais próximas de Leopoldina, já na Zona da Mata: Sapucaia, Porto Novo, Volta Grande, Pirapitinga, Providência, São Martinho, São Joaquim, Santa Isabel, Recreio, onde se faz uma baldeação; toma-se o ramal cafeeiro até Campo Limpo, Vista Alegre. Por um instante chego a acreditar na existência do destino, imaginando que se Augusto não tivesse ido para Leopoldina, mas, por exemplo, para Vista Alegre, não teria morrido.

O condutor anuncia que vai fechar a porta, o trem vai partir.

Tomo um vagão. Enquanto procuro meu lugar, tenho a impressão de ver Camila acenando atrás de uma janela, quase chorando, logo aparece em outra e na seguinte; apresso o passo, mudo de vagão e não a vejo mais. A mancha negra de sua imagem continua, porém, marcada em minhas retinas. Encosto-me numa lateral e respiro fundo.

2

Não consigo descobrir a cadeira onde devo sentar-me, cruzo com pessoas transitando em ambas as direções, passo entre grupos que conversam, nos corredores, peço licença a pessoas que acomodam suas bagagens ou, como eu, perdidas, buscam seus lugares. No vagão de quarta classe a maior parte dos passageiros é de camponeses maltratados, malvestidos, possuídos por um instinto melancólico, um ar levemente de animal domesticado; carregam sacos, gaiolas cobertas com pano, cachos de banana; exalam um odor de estrume e capim; suas roupas são justas demais no corpo, ou largas demais, velhas, desbotadas; não usam sapatos e quando os têm carregam-nos nas mãos, por falta de costume, ou para que não se estraguem, ou porque machucam-lhes os pés, ou para pagarem uma passagem mais barata.

No vagão da terceira classe há muitos rapazes, decerto estudantes das faculdades no Rio de Janeiro e que moram nas pequenas cidades do interior. Há também algumas mulheres em um grupo que conversa animadamente. Na segunda classe, três ou quatro famílias já estão acomodadas, como se ali fosse a sala de suas casas. Um menino, em roupa com gola de marinheiro e uma menina, com um imenso laço de fita sobre a cabeça, são cuidados por uma empregada de avental branco, que segura suas mãos. Uma senhora, vestida com demasiado apuro e exagero nos adornos, demonstra excitação, fala, dá ordens às crianças e à criada. Um senhor, calado, olha com ar sombrio pela janela, talvez preocupado com dívidas, jogos ou mulheres.

Com a ajuda do condutor fico sabendo onde devo me acomodar. Ele me leva ao vagão de primeira classe, um lugar mais silencioso, atapetado, composto de cabines fechadas por portas. Não há ninguém no corredor e não se ouvem vozes vindas dos compartimentos. Paro diante da cabine que o condutor me indicou. Abro a porta.

3

Há apenas uma mulher acomodada. Usa um chapéu singelo, um xale preso por um broche ao peito, roupas em tons matinais. Fico um instante em pé à porta da cabine, embaraçado. É Francisca dos Anjos, a boa Iaiá, a irmã de Augusto.

De maneira surpreendente, ela está feliz, quase sorri, como se não soubesse da morte do irmão. Hesito em falar-lhe, não quero dar-lhe a terrível notícia, ela é perspicaz e certamente perceberia algo errado, iria me fazer perguntas, eu acabaria por contar-lhe e ela faria uma horrorosa viagem. É melhor que saiba da tragédia apenas quando chegar, na casa da cunhada terá uma cama, um copo de água com açúcar, um sedativo, um padre, um médico, o que necessitar. É melhor que não me veja. Então, antes que ela se vire para olhar quem chega, fecho a porta da cabine.

4

Viajo no fim do corredor, olhando pelo vidro a paisagem agora campestre, poucas casas esparsas, bois pastando, um rio, montanhas ao longe, uma delas marcada por uma mancha de terra vermelha. Tenho uma desagradável sensação de estar fugindo. Será que Francisca me viu? Como estará Camila? Será que chamou um médico? Eu deveria ter, ao menos, incumbido dona Francisca de fazê-lo; mas seria revelar que eu tinha conhecimento da recaída de Camila. Arrependo-me do que fiz.

Eu deveria ter ido me purificar, tomar todos os banhos, rezar em todas as igrejas, meditar em todas as línguas. Para rever Esther, eu deveria ter limpado meu coração de todas as maldades e sacudido de minha sobrecasaca o excesso de fumaça dos cabarés, devia ter gasto uma bisnaga de dentifrício para limpar a boca antes de pronunciar o nome dela. Não a mereço. Nenhum homem a merece.

Augusto tampouco. Era um homem bom, mas um tanto excêntrico. Augusto escapou por pouco de ser um misantropo, como seu tio Acácio, o irmão mais novo de dona Córdula. Talvez, se vivesse mais alguns anos, se tornasse igual ao tio.

5

    Acácio vivia solitário, trancado em seu quarto na casa-grande do engenho, sem jamais aparecer à janela, que mantinha fechada, e sem abrir a porta para quem quer que fosse, exceto para pegar o prato de comida e deixar o vaso com seus dejetos. Dizem que Acácio saía furtivamente nas noites sem lua, embrenhava-se nos canaviais e uivava como um cão triste, retornando para o quarto antes do amanhecer. Ninguém o via, apenas escutavam seu melancólico lamento que fazia palpitar o mais frio dos corações.

    As noites sem lua eram de gelar a minha alma de criança. Eu ficava deitado na rede pensando em como seria aquele homem. O que fazia, trancado num quarto durante tantos anos, sem se encontrar com ninguém, sem trocar uma só palavra com uma pessoa? Por que ele vivia assim? Eu tinha medo dele, de sua existência misteriosa, de sua sombra alta na veneziana, da luz trêmula do candeeiro que se movia de um lado a outro do quarto, tinha medo do ruído de seus passos, de sua tosse rouca, do ranger dos ganchos que prendiam sua rede, tinha medo dos olhares que os adultos se trocavam sempre que alguém falava no Misantropo. Eu sentia como se houvesse uma misteriosa ligação entre nós dois. Temia que ele soubesse da minha existência, como eu sabia da dele. Imaginava que meus pensamentos invadiam aquele quarto e se chocavam com os dele. Tinha pavor de me contaminar com sua doença. Quanto mais eu evitava pensar em Acácio, mais ele permanecia em minha cabeça.

6

Suas refeições eram colocadas diante da porta pela criada de quarto, no princípio uma mocinha, que depois foi substituída pela própria Donata, virgem, idosa, sem atrativos, pura e que jamais se entregaria a qualquer homem.

De manhã, no corredor, eu encontrava o vaso de barro no chão, diante da porta. Donata retirava o vaso, ia até a beira do rio, derramava nas águas pretas a urina e as fezes, lavava-o e o punha de volta à frente da porta do quarto de Acácio. Eu passava diversas vezes no corredor, com o intuito de flagrar o Misantropo depositando seu vaso pela manhã; ou para vê-lo a retirar, ou devolver, o prato de comida.

Entrevi apenas, uma vez, sua mão ossuda, desenhada por veias, de dedos longos e unhas sujas, coberta por uma pele branca, de uma tonalidade quase esverdeada; assim me lembro dela. Em noites sem lua eu parava no final do corredor e esperava. Acabava adormecendo e, quando acordava, via no chão diante da porta o vaso recendendo a urina, ou o prato vazio e a quartinha; pairava no corredor o cheiro de estábulo que havia no quarto de Acácio.

Uma vez por semana Donata deixava diante da porta uma bacia com um gomil cheio de água morna para o banho, mas isso às vezes ele desprezava. Numa dessas noites de vigília, vi a sombra rápida de um homem magérrimo, curvado, de cabelos e barbas longos até a cintura, com um cajado; mas era um ser tão alto que me pareceu irreal e concluí que tinha sido apenas um sonho.

Sonhava continuadamente com o Misantropo, sempre o mesmo pesadelo: ele matava Augusto com uma faca e depois vinha se aproximando de mim, envolto em tiras esmolambadas de pano, com as mãos sangrentas, para matar-me também; eu não conseguia sair do lugar e antes que ele enfiasse em meu peito a faca eu acordava, suado, ofegante, apavorado. Eu dormia no primeiro quarto do corredor que dava acesso aos aposentos ocupados pela família: um para o casal, um para o doutor Aprígio, um para o padre, um para a filha Francisca e um para os rapazes. O último quarto era o do Acácio. O Misantropo parecia adivinhar minha presença no corredor e jamais se deixou ver; cheguei a suspeitar que era um ser sobrenatural, uma invenção de nossas mentes, um espectro cármico, uma sombra do além. Quem saía de seu quarto nas noites sem lua não era um corpo, mas uma alma.

Uma simplicidade campesina

1

O trem faz curvas e mais curvas, passa por túneis, quando tudo escurece como se fosse uma noite sem luar. O condutor se aproxima, em suas calças meio curtas, um pesado casaco verde com botões de latão. Ele me diz que não posso viajar no corredor, devo sentar-me em meu lugar e me indica a cabine. Agradeço-lhe a gentileza. Bato de leve. Aciono em seguida o trinco e abro a porta devagar.

Francisca tirou o xale que prendia sobre o peito com um broche e os botões de madrepérola em sua camisa cintilam sob raios de luz que penetram pela janela. Seu rosto muito parecido com o de Augusto, de lábios carnudos, queixo grande, sobrancelhas próximas dos olhos que expressam uma discreta ironia, me enche de angústia. Seu sorriso é provinciano, suas roupas são provincianas, quase pobres, levemente desbotadas. Tenho vontade de me ajoelhar a seus pés por causa de seu chapéu, de uma simplicidade campesina. Seus sapatos novos, envernizados, comprados especialmente para a viagem, brilham sob a barra da saia. Embora esteja sozinha na cabine, tem a frasqueira no colo, decerto para não ocupar mais do que o lugar pelo qual pagou.

Ela estende a mão, sem luva. Tomo sua mãozinha mole como um filhote de lagartixa e a beijo. Ainda tem as unhas roídas.

"Há quantos anos não nos vemos?", ela pergunta. "Por essa você não esperava, não é? Eu também não imaginava ver você aqui. Está indo visitar Augusto? Ele também o chamou?"

"Bem, ele..."

"Estou muito preocupada com Augusto", ela diz. "Ele tem uma saúde fraca, você sabe, e pegou uma pneumonia. Vou ficar ao seu lado, Esther é muito boa, mas não conhece meu irmão. Só eu e mamãe sabemos fazer o café que ele gosta, e a broa de milho. Você sabe que ele compõe seus sonetos tomando café. Esther não gosta de conversar sobre poesia, ele se sente muito só ao lado dela, é uma boa moça, mas não serve para meu irmão, ela mesmo reconhece. Acho que ela nunca gostou dele."

2

Francisca fala igual a Dona Mocinha, com uma voz doce mas que impõe autoridade. Na última vez em que estivemos juntos, ela era ainda uma adolescente, muito pálida e de lábios roxos; tinha cabelos longos arrumados em cachos, testa larga e alta, um constante ar zombeteiro. Usava avental da escola que cursava no Recife, de algodão com estampa em xadrez azul sobre uma camisa branca, o nome bordado no bolso, em linha vermelha. Era uma menina nervosa, agitada, tímida, que roía as unhas, os dedos estavam sempre sangrando, era desconfortável vê-la puxar com os dentes os fiapos de unha e arrancar as peles das cutículas, como um coelho faminto, um esgar sardônico na boca.

Sendo a única filha mulher, e a mais velha de todos os filhos, uma vez que Juliana morreu ao nascer, Francisca tinha um senso de responsabilidade fora do comum, mas que a impedia de ser feliz; suas obrigações estavam sempre acima de seus prazeres, ela nunca se divertia, quando ia às festas da igreja ou dos engenhos era para ajudar na cozinha, na venda de prendas, na arrumação dos anjos ou das flores. Sempre viveu para ajudar os outros; era ela quem cuidava de doentes da família, quem assistia os partos difíceis das mulheres dos cassacos, quem cerrava os olhos dos mortos no engenho, quem ia representar a família nos enterros, quem fazia companhia aos velhos quando os rapazes queriam se divertir. Era quase uma escrava dos irmãos.

3

Tenho vontade de perguntar-lhe se está casada, deve ter, agora, mais de trinta anos e aos dezoito, quando ainda morava no Pau d'Arco, parecia a todos que, por seu temperamento retraído, por sua estreita amizade com os irmãos, especialmente Augusto, ela jamais deixaria a família para formar outra. Dona Mocinha chegou a mandar trocar toda a lenha das fornalhas do engenho por causa da filha. Uma lenha de boa qualidade fazia as fumaças saírem claras dos bueiros. A fumaça limpa permitia que a estrela menor do Cruzeiro do Sul fosse vista. Havia um diálogo entre a fumaça das fornalhas e as estrelas da constelação. Quando a fumaça saía negra, olhava-se para o céu e não se via a quinta estrela da Cruz. O castigo era que as moças solteiras do engenho não se casariam nunca mais, diziam as negras, os cassacos, os retirantes. Embora fosse uma mulher culta, Dona Mocinha acreditava nessas crendices.

"Augusto me mandou muitas cartas do Rio de Janeiro", diz Francisca, "também de Leopoldina, até cair doente. Pobre do meu irmão. Eu bem lhe disse para não deixar a Paraíba, se na província as coisas são difíceis, na metrópole ainda mais."

Ele escreveu magníficos sonetos para a irmã, outros para a mãe. Mandou-lhes mais de vinte folhas de canela com a palavra *Saudade*, ou então *Lembranças*, escritas com furinhos de alfinete. Preocupa-se até com o marceneiro que foi fazer o armário de Iaiá.

"Sabe que agora ele anda muito bem de vida?", ela diz. "Está ganhando quase quatro contos de réis. O pior já passou, o Joque ainda vai ter que se curvar na frente de Augusto, quando ele for um poeta famoso, tão importante e rico como Olavo Bilac, quando um dia seus versos forem declamados nos salões da capital, já imaginou? 'A um carneiro morto'", ela declama, imitando Augusto, o que faz muito bem, "ou então, 'Versos a um cão'!", ela continua. "Graças a Deus o Joque não é mais o presidente da província."

"Sim, soube que entrou o Castro Pinto, aquele professor do liceu."

Francisca traz os salicilatos do irmão, a magnésia, o bicarbonato, a bioplumina de cola fosfatada e o velho Bromil, esse o Augusto nunca deixou de tomar. Traz dois quilos de polvilho para a tapioca, um de fubá para o cuscuz e uma goiabada cascão feita pela Donata, ele vai enlouquecer de prazer. Também um cachecol que tricotou para ele, nas suas cores preferidas, vermelho e azul.

"Espero que ele esteja me esperando na estação, com as faces coradas, cheio de saúde. Sim, será dessa maneira. Você sabe o quanto ele gosta de mim. Ele sempre me perguntava, nas cartas, 'quando estarás aqui em minha companhia?' Você sabe que Augusto não pode viver sem sua família. Ele escreveu: 'o humílimo lar em que estamos é absolutamente teu e de todos de nossa família'. Escrevi para ele este poema. Será que meu irmão vai gostar?"

Leio o papel que ela me estende, de linho, perfumado, com o manuscrito de um poema ardente, um rondel de difícil lavor, dirigido a um homem soberbamente sensível com quem ela conversa nas noites de insônia.

4

Francisca e Augusto dormiam juntos, numa rede, abraçados, às escondidas dos pais. Apesar de saber disso, e dos longos passeios a cavalo do casal de irmãos, e dos banhos que tomavam juntos, jamais suspeitei de sentimentos incestuosos entre eles. Porém alguns anos mais tarde encontrei casualmente na rua o doutor Caó, que me disse ter sérias suspeitas de que Augusto engravidara sua irmã, quando ainda moravam no engenho. Francisca teria feito um aborto.

Uma vez Augusto me disse que não sabia por quê, mas lhe vinha sempre à lembrança o estômago esfaqueado de uma criança e um pedaço de víscera escarlate; chegou, mesmo, a escrever sobre isso uma poesia. Parecia a lembrança de um aborto, mas não era indício de incesto.

Este pensamento venenoso todavia me assaltou a mente e tornou-se uma obsessão. Realmente, houve uma época em que Augusto ficava ensimesmado, refletindo, as veias da fronte latejando; quando Francisca entrava no mesmo aposento ele tremia, ficava vermelho e abaixava a cabeça; ela rodava nos calcanhares e se retirava, também ruborizada, com o rosto escondido entre as mãos. Por que Augusto ficava tão trêmulo? Ou era apenas minha imaginação, posteriormente estimulada pelas suspeitas do doutor Caó?

Eu não sabia ainda o que era o amor, como poderia suspeitar de que os irmãos se amassem de maneira incestuosa?

Quando via uma menina atraente, eu já sofria pancadas no coração, porém não sabia que aquilo era o amor, mas apenas um sentimento semelhante à fome.

5

    Diziam também que Augusto se apaixonara por uma empregada do engenho. Enciumada, Dona Mocinha teria mandado a rapariga para outro engenho nas redondezas. Augusto descobrira o paradeiro de sua amada e continuara a encontrar-se com ela. Córdula soube dos encontros secretos e mandou seus cabras darem uma surra na moça. Mas ela estava grávida, e assim teria abortado e morrido. Outros falam que Augusto tem um filho natural, de uma negra do engenho. Ele sempre negou este fato. Mas a verdade é que mora com Córdula, no sobrado, um menino chamado Manuel. Não é tratado como filho, nem recebeu o nome da família, mas é muito parecido com Augusto, embora tenha um ar saudável, esportivo, músculos no corpo, luminosidade nos olhos. Sua expressão, todavia, sugere seu estigma.
    Uma vez perguntei a Augusto se ele já se apaixonara por alguém, e ele respondeu que sim. O que ele sentira?, perguntei.
    "Foi como se eu tivesse ingerido trinta gramas de nux-vomica", ele disse, "os olhos dela sobre mim eram como pingos ardentes de cem velas a caírem sobre meus centros nervosos." Disse que nunca vira uma beleza tão misteriosa, nem num anjo de cemitério, que ela significava para ele um labirinto, que seu monismo materialista de Epicuro se transformara num monismo espiritualista de Leibniz.

Perguntei-lhe se sabia o que era copular. A imagem que ele tinha de um homem copulando com uma mulher era assim: uma contorção neurótica de um bicho misturada à ferocidade de uma horda de cães famintos, que é o homem; devorando um ser ilusório feito de mistério e luz, que é a mulher.

6

"Depois que Augusto partiu, a Paraíba nunca mais foi a mesma, você pode imaginar", diz Francisca, melancólica. "Nem a nossa família. Mamãe está cada dia mais arrogante, briga com todo mundo, até com a Marica e a Corinha, mas é apenas para esconder sua tristeza. Você a conhece bem, sabe como ela é. Está com as pernas inchadas, coitada. Foi proibida de comer rapadura. Às vezes acho que está ficando louca. Passa horas sentada na cadeira de balanço, relendo interminavelmente as cartas de Augusto. Quando tento falar-lhe ela chora, deixa cair as cartas no chão e maldiz Augusto, depois se arrepende, ajoelha-se e reza."

Francisca conta que às vezes sua mãe fica diante da janela, mergulhada em pensamentos e numa espécie de despertar chama a filha e diz "veja ali, Iaiá, Augusto, é ele mesmo, está vindo para cá". Francisca olha, mas não há ninguém na rua.

Uma semana antes de Francisca viajar, sua mãe quebrou as louças da casa, e os vidros das janelas; rasgou as roupas dos filhos, como fazia antigamente, quando moravam no engenho. Pobre Dona Mocinha. Gritava de noite, tinha pesadelos, uivava feito um cão do mato.

"Você continua o mesmo de sempre. Parece um pouco pálido, está doente?"

"Como está Alexandre?", pergunto, apenas para não irritá-la com meu silêncio.

"Papá está bem. Diz que vai escrever um romance onde os protagonistas somos Augusto e eu, com outros nomes, é claro."

Francisca esteve no Pau d'Arco, foi uma grande tristeza para ela rever o engenho. Está tudo mudado, até o nome é outro, Engenho Bom Senhor, Senhor do Bonfim, algo parecido. Os bichos derrubaram as cercas, o mato se espalha pelo pátio, ainda bem que pelo menos não cortaram o tamarindo. Iaiá recita uma poesia que Augusto fez sobre o pai que corta a árvore e o filho morre. Pegou algumas folhas do tamarindo, que traz para o irmão. Francisca abre a frasqueira e me mostra, dentro de um álbum, as folhas secas do tamarindo. Um perfume de colônia se espalha na cabine.

"Sabe que Esther sofreu mais um aborto?"

"É verdade?", pergunto, trêmulo. Por um instante, imagino que aconteceu um grande equívoco, quem morreu não foi Augusto, mas Esther, a senhora Augusto dos Anjos. Minha testa se cobre de gotas de suor; tiro o lenço do bolso.

"Augusto escreveu numa carta que Esther vai passando bem", diz Francisca. "Mas é quem deve estar sofrendo mais com a monotonia, as pequenas cidades não são para um tipo como ela. Pobre Augusto, queria ter nove filhos, e de quatro só tem dois. A Esther não nasceu para parir. Sabe o Raul Machado, que escreveu o soneto 'Lágrimas de cera'? Recebeu uma carta de Augusto, onde ele comunica que irá passar as férias escolares na Paraíba. Acho que é uma surpresa que Augusto está preparando para mamãe. Estamos tão felizes! O Natal será um dos mais alegres de nossas vidas, até já começamos os preparativos. Iremos convencer nosso irmão a ficar na província, estive conversando com um deputado, o qual não posso dizer o nome, a fim de que ele consiga uma nomeação para Augusto na Paraíba. Meu irmão deve estar cansado desse ramerrão de cidade pequena, não vai ser difícil convencê-lo a voltar para casa, esquecer tudo, afinal o Joque não manda mais lá. Augusto está escrevendo um novo livro. Já soube da Pupu com o médico, doutor Sindulfo Pequeno de Azevedo?"

"Iaiá, preciso dizer-lhe uma coisa, muito importante."

"O que é?"

"Augusto... ele está muito doente."

"Ora, eu sei disso. Mas ele estará bem, quando chegarmos. A Esther vai estar esperando você na estação? Sabe o que a Nini me disse? Que você ainda é apaixonado por Esther. É verdade? Naquele tempo você era apaixonado por ela."

"Todos éramos apaixonados por todas, Iaiá."

7

Ela abaixa a cabeça. Depois faz-me relembrar um *bal masqué*, no palacete do comerciante Eduardo Fernandes, na rua das Trincheiras.

Todo de preto com um fio de sangue escorrendo da testa, tinta vermelha, Augusto foi a maior sensação. O Artur vestia cetim preto e encarnado, costurado em quadrados, e sapatos de cetim das mesmas cores. O Odilon estava de *smoking* de veludo verde e dourado. Eu me fantasiava de toureiro espanhol. A Pupu, de borboleta. A Irene Fialho, de bailarina russa, com botas brancas de arminho.

Vi uma colombina negra ao lado de dona Miquilina, e assim a tomei por Esther. Sabia que ela ia estar de colombina negra. Eu me aproximei, pedi à colombina para bailar comigo e ficamos juntos a noite inteira. Lembro-me de tudo o que disse quando fomos à sacada olhar as estrelas, pensando que era Esther quem me ouvia. Mas era Francisca.

"Deve ser muito bom sentir-se amada assim por um homem." Ela suspira, romântica.

8

Francisca diz que Esther parecia gostar das conversas de Augusto, sobre literatura, mas o que apreciava, mesmo, era ir aos teatros, às festas, ou então tocar músicas alegres ao piano. Um dia Augusto ficou aborrecido porque Esther não quis conversar com ele sobre a permanência da família híbrida, de Haeckel. Houve o escândalo do soneto da noite de núpcias.

Augusto escreveu que tinha a sensação de quem se esfola e inopinadamente o corpo atola numa poça de carne liquefeita. Mas ele escreveu esse soneto *antes* da noite de núpcias. Um pouco antes. De forma que, presumo, esteve com a Esther na cama quando eram ainda apenas noivos.

"A Esther não tem mesmo uma carne que parece suco de abacaxi?", diz Francisca.

"Não exatamente", digo. "Um admirador dela escreveu um soneto dizendo que Esther tinha um corpo espúmeo de ambrosia *frappée*."

"Ouvi dizer que você escreveu este soneto."

O primeiro filho de Esther, o natimorto, nasceu oito meses após o casamento. Suspeito que Esther casou-se grávida. Às vezes acho que o Augusto queria mesmo era se casar com a Leopoldina, a filha do Fernandes. Deveras, todos queriam se casar com a Pupu. Augusto compôs versos para ela, no *Nonevar*, um jornalzinho feito só para agradar as mulheres, durante a festa de Nossa Senhora das Neves. Augusto e eu costumávamos chamar de estonteantes belezas, miniaturas de deusas gregas, sílfides, plenipotenciárias da beleza mesmo as moças mais feias. Elas adoravam, ainda que suspeitassem tratar-se de ironias.

Não eram ironias, queríamos apenas agradá-las, deveras. Toda mulher é bonita.

9

Francisca tira um lenço da bolsa e seca as lágrimas finas que escorrem de seus olhos. "Que injustiça, dizerem que Augusto odeia a mamãe."
"Não dê ouvidos a essas tolices, Iaiá."
"Ele *não* saiu da Paraíba por causa dela."
"Claro que não."
"O povo é buliçoso e agressivo. Sabe o Áureo, aquele sergipano que escrevia a coluna 'Golpe de vista'? Disse que Augusto era histérico. Sei que meu irmão sempre teve medo de ficar louco, por causa da mamãe, que é meio louca, mas Augusto foi chamado de histérico só por causa do sonho que teve, que lhe caíam todos os dentes."
Pobre Augusto, era profundíssimamente hipocondríaco. Sofria tanto com suas crises artríticas. Ele morria de medo de ficar cego, por causa da conjuntivite granulosa que tivera. Dizia sempre que um dia iria deixar de ver. Tudo ia ficar escuro para ele, muito escuro. Às vezes ele caminhava pela casa com os olhos vendados, treinando para o dia em que ficasse cego. Era engraçado vê-lo tatear as paredes, mas ao mesmo tempo dava um frio no peito.
"Estou sentindo uma angústia", diz Francisca, "não sei por que motivo. Talvez seja o trem, você sabe que tenho as piores recordações de um trem, nunca me esqueço da viagem que tivemos de fazer, do Cobé, no trem alugado à Great Western, le-

vando o corpo de papai para ser enterrado na Paraíba. Você estava no trem, não se lembra? Pobre papai, vítima de *surmenage*. Ainda querem fazer mamãe crer que ele morreu de sífilis, só porque ele foi proibido de chupar laranjas."

"Ele tomava xarope de iodureto."

"Papai nunca andou por lupanares, nem por catres de negras."

Francisca olha, triste, pela janela.

"Imagino o que Augusto sentiu ao tomar este trem para Leopoldina, talvez tenha se lembrado o tempo todo do caixão de papai estendido no corredor do vagão, a paisagem correndo detrás das janelas."

10

"Estamos demorando a chegar", diz Francisca. Pede-me que responda a perguntas em seu álbum: a que horas costumo deitar-me e levantar-me?, se aprecio ir ao teatro, à ópera lírica; se tenho admiração pela pintura, pela música; se fumo, e que cigarros prefiro; se amo os charutos, os cachimbos; se leio Victor Hugo, Musset, Maupassant, Verlaine, Peladan; se sou católico, ou budista; se escrevo versos, se entrego-me ao estudo das ciências ocultas; se moro nas mansardas coletivas. Se gosto de beijar. Se tenho algum amor. Se sou casado ou se pretendo me casar.

Um longo tempo se passa. Francisca conversa animadamente; tem a mesma eloquência de Augusto, a mesma cabeça repleta de assuntos para abordar, desde a cura pelo hipnotismo até as previsões de madame Zizina, passando por comentários a respeito do bar-restaurante-balneário onde foi, no Rio de Janeiro, no qual se pode patinar num rinque ou praticar tiro ao alvo, e cujo terraço, que dá para o mar, é muito frequentado nas noites de canícula. Ela está hospedada na casa de tio Generino, que pagou sua passagem. Compra empadas no empadário da Carceller. Fico aliviado porque ela não suspeitou da morte de Augusto, embora esteja escrita em meus olhos.

Mas, de vez em quando, tomada por uma suspeita intuitiva, ela se afunda em pensamentos, seus olhos ficam sombrios e então pergunta, como se falasse consigo mesma, "será que Augusto está bem?".

Parte três

Leopoldina, MG

Lagarta negra

1

Ainda não é noite. Um cheiro de café torrado impregna o ar. Salto na estação, construída diante de uma praça com um obelisco no centro. Há um intenso movimento de passageiros e de cargas destinadas à cidade e aos distritos vizinhos; retiradas dos vagões, postas em carros de boi ou carroças que, em grande número, ocupam o largo. Na plataforma externa e ao longo do passeio há um suporte de trilho para amparar o encosto dos veículos em marcha a ré na carga e descarga de café em sacos, ou açúcar, farinha, milho, arroz, feijão; rolos de fumo, barris de aguardente, latões de manteiga, dormentes, toras de madeira, feixes de lenha, tijolos. Caixotes contendo blocos de gelo embalados com serragem soltam uma fumaça branca. Duas ovelhas, um pequeno rebanho de gado vacum e alguns suínos são postos diante de uma rampa, por onde serão puxados para dentro dos vagões de carga.

Dentre os passageiros, saltam do trem tio Bernardino com tia Alice. Francisca surge na gare, aproxima-se do condutor e lhe faz algumas perguntas; acena positivamente com a cabeça, olha para os lados, procurando alguém, decerto Augusto e Esther, ou mesmo Irene Fialho, Olga e Rômulo. Avista tio Bernardino, tia Alice e os chama; eles a abraçam, com ar trágico, trocam algumas palavras que paralisam Francisca por um instante, então ela acena negativamente com a cabeça, dá um grito de dor, agarra os próprios cabelos, cai no chão, desmaiada.

Um homem levanta Francisca do chão e leva-a no colo até uma sege; os tios tomam o mesmo carro e partem, desaparecendo na rua que sai diante do obelisco, lateral a um armazém.

2

    Leopoldina é uma cidadezinha aprazível, num vale, cercada de distantes montanhas verdejantes, um matagal com ipês, paus-d'alho, paineiras; tem ruas arborizadas, correres de casas, chalés, alguns edifícios mais solenes, porém tudo com singeleza. Em sua silhueta destaca-se um renque de palmeiras-imperiais, cortando-a quase de um a outro lado e que lhe dá altivez. Avistam-se as torres e cruzes de duas igrejas, uma delas mais imponente, que deve ser a matriz. Entre uma usina leiteira (de onde emana um cheiro de estrume) e um parque sai uma cerca de arame farpado que delimita o perímetro urbano, em linha reta, margeando a linha férrea, até uma rua no extremo do lado esquerdo.

    Fico imaginando por que motivo os moradores daqui se preocuparam em cercar a cidade, mas de um lado só; talvez por causa de algum animal que desce a montanha à noite, ou por alguma disputa de terras. Adiante da cerca há porteiras, chácaras, algumas estradas onde trafegam carros de boi carregando latões de cobre contendo leite; num terreno alagadiço, pantanoso, brota a vegetação dos brejais. Que tipo de pessoas mora aqui? Que espécie de gente suporta tanto bucolismo? Pastores? Vivi muitos anos na cidade da Paraíba, que não chega aos pés do Rio de Janeiro no sentido de movimentação e alegria; mas a capital da província era um lugar estrepitoso, animado por hostilíssimas relações políticas, por tradicionais inimizades entre famílias, por tiros, festas, perto de um imenso porto onde desembarcava gente do mundo inteiro, trazendo de tudo, desde doenças venéreas até papéis de parede; as cidades portuárias sempre têm mais vida, mesmo as pequenas.

Embora haja aqui uma estação do trem, não deve acontecer nada de mais surpreendente que a chegada de um poeta raquítico ou o desmaio de uma mulher na gare. A pessoa precisa ter um caráter especial para morar num lugar como esse. Primeiro, não pode gostar da solidão, a solidão é algo que só encontramos nos desertos, nas cavernas, nas grandes cidades; depois, não pode gostar de sonhar, pois se sonhar acaba indo embora daqui.

3

Além do brejo, numa estrada alguns dos viajantes que vieram no trem se distanciam, em cavalos, mulas, carroças, na direção das fazendas ou das cidades vizinhas. Quase na encosta do morro há uma grande vala por onde corre um riacho que segue, canalizado, por uma rua. No alto de um morro fica um patíbulo para enforcamentos e um cemitério, na certa heranças do tempo da escravidão. Desse mesmo lado edificaram o imenso reservatório de água da cidade, em pedra e cimento. Mais adiante há um gracioso prado para carreiras de cavalos.

Passo por uma casa bancária numa construção onde está escrito em letras grandes ZONA DA MATA; pelo prédio dos Correios e Telégrafos; cruzo a linha do trem em direção à usina leiteira quando ouço o som de gaitas, dezenas delas, e vozes gritando numa língua estrangeira, o que me deixa desorientado, com a ilusão de que talvez eu tenha ido parar numa cidade do Oriente, em Shiraz ou Bejaia.

Na praça das palmeiras-imperiais, acampados em torno do coreto e ao pé dos estipes, mascates sírios e libaneses vendem mercadorias em baús de folhas de flandres, tocando gaita de lata numa algaravia infernal para chamar a atenção dos passantes e dos passageiros que vieram no trem.

4

    Adiante das palmeiras há um pomar e uma rinha de galos, onde um grupo de homens faz suas apostas. Continuo meu caminho, procurando a rua onde morava Augusto, sentindo o cheiro da fábrica de manteiga e queijos da leiteria Flor de Minas, olhando as mulheres da cidade, um automóvel que passa fumegante, as bicicletas, até mesmo com raparigas na garupa, a arquitetura das casas, os jardins. Na rua principal há um teatro chamado Cine Teatro Alencar; o comércio é de pequena monta, armazéns de secos e molhados, boticas, lojas de tecidos, instalados em casas de uma ou duas portas. A companhia distribuidora de eletricidade e a sede da *Gazeta Leopoldinense* ficam nessa mesma rua. Algumas das pedras de gelo que vieram no trem estão sendo entregues numa sorveteria, sob o olhar atento de crianças que tocam o dedo nas pedras e gritam. Pessoas com malas desapeiam dos animais, ou saltam dos carros, diante de residências.

    Os sinos da igreja tocam e fazem a cidade silenciar. A luz está difusa, filtrada por nuvens, o sol se esconde detrás de uma montanha, que tem delineada sua forma em dourado e roxo. Há uma sensação de paz, como em todo lugar assim tão distante, pequeno, onde o tempo não passa.

    O cansaço da viagem e da noite sem dormir faz com que eu me sente num banco da praça da igreja, antes de perguntar a alguém onde fica a rua Cotegipe — Augusto me escreveu, um dia, que não era necessário nem mesmo anotar no envelope das minhas cartas o seu endereço, pois todos o conheciam na cidade, embora estivesse nela havia pouco tempo; bastava escrever: *Professor Augusto dos Anjos, Leopoldina, Minas Gerais.* Mas não vejo ninguém de luto, ou chorando, nem mesmo com ar triste, parece que nem todos o conheceram e se o conheceram não se importam com sua morte; com um ar de rotina conversam às portas de seus estabelecimentos, atravessam a praça, param numa roda aqui, noutra ali, entram — apenas homens — numa taverna com uma placa escrito TAVERNA ITALIANA, e mais abaixo, VINOS, QUEJOS, SALAME, PANE, assim, dessa maneira, que me dá uma vontade louca de entrar para comer alguma coisa.

5

Ouço distante um sino. Pouco tempo depois surge, na esquina, um amontoado de pessoas segurando velas, à maneira de uma procissão, silenciosa de tal forma que tenho a sensação de ouvir o rufar dos panos das roupas, dos passos no chão. A longa lagarta negra feita de pessoas aparece aos poucos e toma a praça.

Carregam um caixão escuro, de verniz brilhante; está sem a tampa e posso ver o perfil deitado de Augusto, pálido, magro, de bigode, a grande testa redonda, com a morte estampada nos ossos e na pele. Seus pés descalços, brancos, saem do manto cinzento de lã. Sobre seu peito está um ramo de palmeira.

Um vento sopra, como se viesse de montanhas geladas. Nuvens pesadas tomaram o céu, dando a impressão de que uma forte chuva vai cair sobre a cidade. Diante de Augusto vem um padre paramentado e meninas vestidas de anjos, com roupas de cetim preto, asas de penas negras. Amparada por tio Bernardino, Francisca, de luto fechado, caminha logo atrás do esquife. Irene Fialho e Olga vêm ao lado de Rômulo. Não vejo Esther. Talvez seja uma das mulheres de véu negro que andam um pouco adiante, com velas em cones de papel recortado e flores nas mãos.

As janelas das casas e as portas das lojas se fecham, os moradores e os comerciantes se juntam ao cortejo. Há senhores de sobrecasacas de lã inglesa acompanhados de damas vestidas de seda ou veludo, assim como famílias descalças, gente com roupas remendadas; velhos, jovens, meninos e meninas, em uniformes escolares, carregando pesadas pastas de material nas mãos, guiados por professores. Há policiais fardados, operários das fábricas com marmitas nas mãos, o barbeiro em seu avental, um aleijado sendo empurrado num carrinho. No final do cortejo, seges com cavalos negros e cocheiros de cartola levam a gente mais próspera da cidade; devem ser milionários do leite, fazendeiros, donos de engenhos, de escolas, de plantações, de gado. A reboque, carroças transportam camponeses com suas enxadas e foices. Pessoas choram.

6

A alguma distância, um grupo de mulheres segue a procissão, cobertas com xales pretos. Vestem-se de maneira discreta e não usam pintura no rosto, mas ao primeiro olhar reconheço-as, pela maneira de se moverem, pela posição no cortejo, pelos olhos ousados, expressivos, que se comunicam com os homens de uma maneira íntima, como se guardassem todos os nossos segredos. São as prostitutas da cidade.

Talvez nem mesmo saibam que Augusto escreveu um longo e belo poema para as meretrizes. Uma noite ele me mostrou esses versos, ainda inacabados, que por este motivo, imagino, não constaram no seu livro. As putas, fêmeas castigadas, funcionárias dos instintos, filhas do inferno, ébrias e lascivas, escuridões dos gineceus falidos, desgraças de todos os ovários, as bacantes de esqueleto irritado, de corpos expiatórios alvos e desnudos, são personagens trágicos e amados nos poemas de Augusto. Especulo se nas madrugadas frias de insônia ele foi ao *rendez-vous* de Leopoldina, se essas mulheres o conheciam, se o ouviam recitar seus versos macabros, se para ele ganiam instintivamente de luxúria, se ele as excitava com o açoite do incêndio que lhes inflama a língua espúria, se ele se entregou aos tácitos apelos das carnes e dos cabelos, a toda a sensualidade tempestuosa dos apetites bárbaros do sexo. O sexo não combina com ele, apenas o sexo teórico pode ser relacionado a sua maneira de ser. Imagino-o na cama com uma prostituta. Diante do esplendoroso corpo alvo, nu, ele declama seus "Versos a um coveiro". A mulher o adora.

Uma das que acompanham o enterro, a que tem os cabelos vermelhos, como a meretriz do poema de Augusto, sentindo-se observada me encontra com os olhos e sorri. Sou tomado de desejo por ela.

7

O cortejo faz um caminho sinuoso, passa na frente da prefeitura, da residência de algum figurão, das duas igrejas da cidade; envereda por um bairro pobre. Sigo-os.

Ao me aproximar do cemitério, subindo penosamente uma ladeira, tenho a sensação de que dentro de mim se repetem os sentimentos de tristeza de Augusto por ter sido rejeitado em sua terra natal e, depois, no Rio de Janeiro, cidade que escolheu e que o fez experimentar apenas amargura, melancolia, desespero. Leopoldina não foi escolhida por Augusto; a cidade o escolheu. E quando, finalmente, ele parecia ter se libertado de sua insegurança financeira, no momento em que pôde ter alguma paz espiritual para dedicar-se também a produzir suas poesias, a morte o atingiu. Creio que neste momento sinto exatamente o que sentiu Augusto quando pensou: Estou morrendo.

A visão do muro do cemitério, das primeiras cruzes, causa-me um leve estremecimento no peito. Sinto medo, como se o chão fosse rachar; a qualquer instante, sem aviso posso parar de respirar, meu coração sem nenhum motivo pode cessar de bater, estou vivo apenas por um acaso. Junto a esta insegurança existencial, vem a noção do mistério da morte, acompanhada de um fascínio pelo mistério da ressurreição, da existência da alma. Há, misturado a tudo isso, o sentido de abandono; e o sentimento de perda de algo insubstituível.

Enfim chego ao alto do morro. A rua está completamente tomada pelas pessoas, e por um grande silêncio. É estranho ver uma multidão assim, parada numa ladeira, silenciosa, os rostos voltados para o mesmo lado. Cria uma sensação de Apocalipse, de Juízo Final. Estátuas se elevam acima do muro; além delas, no flanco nu da colina em terra ocre duas cruzes assinalam sepulturas quase invisíveis. Abro caminho por entre a multidão, cruzo um portão de ferro batido. A escadaria estreita, de degraus finos, cavada no flanco da colina é quase totalmente coberta por um emaranhado de trepadeiras podadas que formam um túnel vegetal; a rampa vai dar no adro da capela, de onde emana um cheiro de cera das velas acesas. Dentro da capela o caixão com o corpo de Augusto já teve fixada a tampa, sobre a qual Francisca chora debruçada, soltando gemidos longos e tristes como o correr das águas negras do Una.

8

O cemitério surge de pouco em pouco, primeiro ao nível de meus olhos; à medida que subo os degraus, me elevo do chão, o que dá uma estranha impressão de que estou saindo de dentro da terra, ou chegando no céu. É um cemitério pequeno, gracioso, com túmulos bem cuidados, numa cidade de gente que tem tempo de trocar as flores dos jarros, de desempoeirar as asas dos anjos e colar seus narizes quebrados.

A maior parte dos túmulos é cercada por uma grade de ferro batido, como um berço, com uma cruz vazada, em ferro volteado. Alguns são simplesmente meio cilindro em cimento caiado ao rés do chão, com uma cruz e as inscrições; este tipo é o mais angustiante pois sugere a forma do corpo, dá a sensação de que uma pessoa está ali emparedada. Por detrás do túnel de trepadeiras, coveiros, ao lado de seus carrinhos de mão, de suas pás e foices, negros, vestem um uniforme também preto, com chapéu de sol; mas não têm ar sinistro, ao contrário, parecem seres alegres, descontraídos.

O caixão é levado até a cova. O padre faz um longo sermão, fala sobre o mestre mais devotado, o bem-sucedido diretor de grupo escolar, o honrado pai e marido. O corpo é enterrado à direita do cemitério, o lado mais simples, onde apenas um dos túmulos é coberto de mármore e tem uma estátua, um anjo branco, encolhido, ajoelhado, sobre a lápide. Os coveiros fincam uma cruz no chão, em madeira, com a data de nascimento e morte de Augusto, assim como seu nome. Pouco a pouco as pessoas se retiram.

9

Uma vontade de também morrer me toma. Gostaria de poder falar com Augusto, ouvir ainda sua voz. Ele está agora reunido à maior de todas as suas paixões, ao mais profundo de seus enigmas, à mulher de quem mais falou, à musa que mais cantou e tentou desvendar. E nada pode me dizer sobre ela. Neste momento a Morte é um segredo só dele. Talvez tenha descoberto se o mundo é feito de uma única substância, se nossas ideias sobre o monismo eram procedentes. Quem sabe sinta a volúpia da qual tanto me falou, de estar debaixo do chão. Onde está Augusto? Voando sobre montanhas de fogo ou de sangue, talvez, no éter, nas teias de carvão sombrio, no radiante ar ou quiçá na água que brilha com fulgor sinistro.

Está a escalar os céus e os apogeus, conversando com Deus e ouvindo Sua voz cavernosíssima, que antes escutava apenas no uivo dos ventos nos arvoredos, no farfalhar dos galhos do tamarindeiro. Seu corpo está, agora, tão escondido quanto sempre quis, em sua renúncia budística do mundo. Encontra-se diante da sombra do mistério eterno, sendo sugado por uma boca sôfrega que lhe esvazia a carne, que o transformará em ossos e depois em cinzas. Está caindo, caindo, caindo num abismo. Ou ascende, flutua, voa como um pássaro de grandes asas? Ouve a voz da alma das coisas? Entra nas cavernas das consciências? Existe mesmo a paz funérea? Dói seu crânio?

Sei que Augusto está angustiado porque não pode falar, mas eu o ouço, está a me dizer que sente frio, como as aves em uma tarde de tempestade, e que há cruzes e mais cruzes em seu caminho, que é noite, o fim das coisas mostra-se medonho como o desguadouro atro de um rio. Continua, porém, a arder, na imortalidade da substância. Ele adorava os números. Seu último número: sepultura 149.

Queria simplicidade no epitáfio, que apenas se inscrevesse após seu nome: *Poeta paraibano*. Por mim, seu corpo seria enterrado à sombra do tamarindo no Pau d'Arco, como ele mesmo escreveu em seus poemas mais antigos, antes de sua disputa com o Joque. Mas como ousaria eu sugerir algo assim? Teria ele pedido que seus restos mortais ficassem em Leopoldina? Por Deus, que castigo Augusto legou à Paraíba, que sentimento o levou a deixar que o enterrassem tão distante de onde nasceram seus antepassados!

Uma chuva leve cai. Caminho apressado para o portão de saída. Não sei se tenho mais medo da vida ou da morte, pois estaco no portão, perplexo, sem saber para que lado me dirigir.

10

Estou com fome. Preciso acomodar-me num hotel. Um passante me explica que, na praça da estação, há dois hotéis, o Hotel da Estação e o Hotel Pimenta. O Hotel da Estação pertence a um homem muito bom, o seu Gomes, que tem um cozinheiro chinês chamado Pun-Tsé. Fica ao lado da vila Arminda, encostado na estação, não sei como não vi quando saltei do trem. É rosa-claro, tem dois andares, uma porta e duas janelas embaixo e três portas-janelas em cima, de um lado, e do outro lado três portas e três portas-janelas, pintadas de branco, fica do lado do armazém do senhor Raphael Dominguez, onde se vendem fazendas, roupas feitas, botões, linha, agulhas, fechaduras de portas, tinta, xícaras, sapatos, chapéus de sol e de cabeça, sal, cal que custa dois mil e trezentos réis o saco, querosene, formicida, pistolas, tudo isso no atacado e no varejo.

"Sabe que aqui tem um ground de futebol e um rinque?", diz orgulhoso o passante.

Ele acrescenta que o Hotel da Estação funciona num prédio todo reformado, com cama de casal, bastante asseado, os lençóis cheirando a alecrim. Na sala de jantar servem bons vinhos, cerveja e águas minerais. O Hotel Pimenta, atrás da estação de trem, caprichosamente iluminado, tem a cozinha dirigida pela família do dono. Oferece dois bilhares para diversão. A cidade toda recebe luz elétrica de uma usina. No Hotel da Estação há um telefone que faz ligações com cidades vizinhas e fazendas da região. Posso passear numa fazenda das redondezas, cavalgar, tomar banho de cachoeira, almoçar sobre a relva, ouvir o canto dos pássaros, pescar. Posso ir ao boliche ou ao bilhar.

À porta do Hotel da Estação está parado o automóvel bege que vi passar na rua. O chofer conversa numa roda de sujeitos que deixaram seu trabalho e se dirigem, provavelmente, para a Taverna Italiana e deram uma parada ali a fim de admirarem o automóvel, discutirem sobre a velocidade, sobre a superioridade desses veículos em relação aos de tração animal e vice-versa, que é o que geralmente os homens conversam quando estão em torno de um automóvel, e também devem ter comentado o enterro de Augusto e o desmaio de Francisca na estação. Mas silenciam por um instante, curiosos a respeito do magro cavalheiro que entra no hotel.

Nas cidades pequenas as pessoas têm tempo de olhar-se umas às outras e recebem com grande curiosidade as que vêm de fora.

11

Sempre que entro em um quarto de hotel, antes de apalpar a cama, verificar o espaço no armário, ou as condições da sala de banho, costumo olhar pela janela. Se dali se descortina uma bela paisagem, não importa, as naturezas mortas me entediam. Gosto quando da janela posso ver outras janelas, com as quais me divirto longas horas a observar algum movimento de pessoas, especialmente mulheres a pentearem os cabelos, ou a bordarem sentadas numa poltrona. Em seus momentos de solidão as mulheres são mais naturais e belas; quando sentem-se observadas, adquirem uma postura quase sempre teatral.

Da janela deste quarto vejo a praça do obelisco, a estação, uma rua ladeada de aglaias, o armazém, o correio, algumas das palmeiras do renque, a torre da igreja. Um homem caminha nos trilhos do trem, levando um cavalete, uma maleta, tela e um banco. Para diante de uma grande árvore. Monta seu cavalete, apoia nele a tela, tira da maleta tintas, pincéis e outros apetrechos e pinta seu quadro ali, nos trilhos do trem.

A imagem do artista que faz seu ateliê na estrada de ferro é perturbadora, talvez essa seja a sua arte; não propriamente o quadro, mas a inquietação que causa nas pessoas. Sabemos que o trem não vai passar agora por ali, mas sua atitude sugere perigo, fragilidade, arrasta-nos para as emoções e sugere os horrores da arte tal como ela é, expressão das partes profundas do ser, não cupidinhos nus tangendo liras.

Esther em negro

1

Cotegipe, a rua principal da cidade, levemente inclinada, fica na aba de um morro. Há um correr de casas apenas de um lado, encostadas umas nas outras, todas com telhados de duas águas, uma porta, duas janelas, óculo no sótão, sendo algumas para residências e outras para comércio. Como já é noite as flores das aglaias espalham no ar um perfume fortíssimo, quase insuportável. Sementes pontilham a rua e a estreita calçada de cimento. O chalé 11 tem as janelas abertas e iluminadas por uma luz delicada de lâmpadas elétricas.

Atravesso a rua até a calçada do outro lado, onde há um muro coberto por uma trepadeira silvestre. Acendo um cigarro. Conto as aglaias plantadas na rua, desde a esquina até a frente do chalé: oito árvores, o Nobre Octuplo Caminho do budismo. Augusto deve ter feito esta conta, para sua numerologia filosófica. Muitas vezes me pergunto se ele era realmente budista, ou se isso fazia parte de suas fantasias a respeito de si mesmo. A filosofia budista especula profundamente acerca do sofrimento, e a dor moral talvez fosse a maior preocupação de Augusto. "Toda vida é dolorosa", ele dizia.

2

Augusto me parecia jainista, até mesmo por menosprezar as mulheres e o mundo. Às vezes enrolava um lençol na cintura e ficava durante muito tempo sobre uma só perna, com os braços levantados, as mãos unidas acima da cabeça, passando fome, sede ou comendo apenas folhas secas. Austeridades tolas e infrutíferas, assim as considerava Dona Mocinha, com seu terrível ar de desdém.

Para ele o princípio da vida era a interpenetração de substância e imaterialidade, forças opostas e inimigas. Somente a separação desses princípios incompatíveis poderia salvar o homem. Mas a separação do espírito e matéria era a morte corporal. A vida devia ser estancada como se fosse uma hemorragia de verdades fundamentais que se lançavam no lodo do mundo. O ideal de virtude era a purificação, a conquista da imobilidade absoluta. A porcaria fazia parte da essência do sexo. Os estágios naturais da vida — nascimento, alimentação do corpo, a nutrição, a eliminação dos dejetos corporais, a morte, a gestação de vermes e insetos que devoram o cadáver — eram imundos. Era preciso purgar as impurezas, tanto no microcosmo alquímico do ser quanto no macrocosmo do não ser, a vida era uma orgia generalizada de indecências diante da qual o espírito ensimesmado podia, unicamente, renunciar. Disse-me Augusto numa noite que seu maior prazer, seu Nirvana, seria trocar sua forma humana pela imortalidade das

200

ideias. Falava sobre o prazer da morte? Acreditava que todas as fórmulas do intelecto humano eram inadequadas para expressar a paradoxal verdade, acima de nossa compreensão. Ao mesmo tempo que tentava explicar o universo, aceitava sua origem indecifrável. Acreditava e simultaneamente refutava suas próprias crenças, eram "feitiços mórbidos da ignorância". Tudo existe e se desvanece, tudo é suave e duro, tudo é claro e escuro, tudo é falso e verdadeiro. Augusto não se emaranhou na teia da vida e escolheu a morte, onde acreditava estar o conhecimento absoluto. Na vida, tudo o que conhecemos não existe. Não que o mundo exterior seja uma mera ilusão, mas o que sabemos dele é fruto de nossas visões deturpadas ou pelo encantamento ou pela repugnância.

3

A doçura búdica de Augusto me comovia. Na Paraíba, dava aulas sentado com as pernas cruzadas como um asceta indiano, afagando os dedões dos pés para ver se tinha alguma iluminação nirvânica. O aluno sentava-se, abismado, na frente dele.

A cada dia da semana Augusto lecionava uma matéria, falando pausadamente, parando a fim de tomar canecas e canecas de "general", um café fraco com bastante açúcar, quase garapa.

Aos sábados ele saía do protocolo e falava tudo o que lhe ia à cabeça, desde política até a essência do mundo, tentava fazer com que aqueles meninos compreendessem o monismo e o dualismo de Haeckel, a concepção da alma, da vida psíquica, o consciente e o inconsciente, o tanatismo e o atanatismo, a imortalidade cósmica e a imortalidade pessoal, a unidade material e energética do cosmos, os mecanismos e o vitalismo, como ele tinha compreendido, quando ainda era criança. De Spencer, ensinava os conceitos de memória, razão, instinto, sentimentos ou estados de consciência, a vontade, a gênese dos nervos.

Teria ele, realmente, lido na adolescência as cinco mil páginas da *Philosophie synthetique*? Certamente. Muitas vezes o vi debruçado sobre calhamaços.

No meio da aula, invariavelmente, alguém os interrompia

para uma pequena refeição: frutas, como pinhas, mamão-de-
-corda ou mangas do quintal, ou então bolo de milho seco, bei-
juzinhos de mandioca, angu de caroço, coisas assim. E o "general" era constantemente renovado na caneca.

O pagamento era feito no fim do mês, da maneira mais
discreta possível: o aluno enfiava um envelope com o dinheiro no bolso de Augusto, que fingia não ver o gesto. Depois ele
entregava o envelope ainda fechado a Dona Mocinha, sem ao
menos olhá-lo, talvez com medo de se conspurcar com algo
tão inferior.

Seus alunos sempre aprendiam a matéria e melhoravam
na escola. Augusto tinha o mais perfeito dom para professor
que jamais vi em minha vida. Foi ele quem, quando ainda era
um menino de seis anos, me ensinou a ler e escrever um monte de palavras, usando figuras de javali, tatupeba, gavião-
-de-penacho.

4

A casa de Augusto na rua Cotegipe é uma residência modesta, como cabe a um jovem professor e poeta, com uma escada de poucos degraus à entrada, antes da porta; no telhado ergue-se uma chaminé, de onde se desprende um fio de fumaça, branca como a das fornalhas do engenho; os beirais são enfeitados por uma tira de madeira rendilhada, pintada de branco. Um detalhe me deixa comovido: nas janelas, dois vasos estão repletos de flores, as quais não posso distinguir, mas a silhueta me faz imaginar que são margaridas, as mesmas flores que Esther plantava às janelas do sobrado na Paraíba, após seu casamento com Augusto, como se ela tivesse renascido nesta pequena cidade; depois dos sofrimentos por que passou no Rio de Janeiro foi novamente feliz. Como pode ter tido tempo e coragem para cuidar de flores, sofrendo tanto com a doença do seu marido?

O medo de ver Esther me toma por alguns momentos. Enxugo a testa e me sinto tonto, decido esperar antes de entrar no chalé. Uma carruagem surge no final da rua, para diante da casa e dela saltam um senhor, que pela maleta julgo ser farmacêutico ou médico, e sua mulher com um vestido escuro, xale preto nos ombros. Eles sobem os degraus e desaparecem à porta da casa.

Meu coração se acelera fortemente quando decido que está na minha vez de entrar.

5

Sentada numa poltrona, toda de negro, uma roupa sem rendas ou drapeados, sem franzidos ou recortes, abotoada até o queixo, com um véu que desce do chapéu e sombreia os olhos e o nariz — deixando descoberta a boca pálida —, a cintura fina, as mãos alvíssimas pousadas inertes nos braços da poltrona, calma, apática como se estivesse sob efeito de morfina, está Esther.

Seus olhos se movem de um lugar interior de sua mente até o rosto do casal que lhe dá as condolências, mas ela não os vê, apenas pousa neles seus olhos com delicadeza. Irene Fialho me cumprimenta, agradece-me por ter vindo, faz um sinal em direção à viúva.

Esther não soluça, não tem ar de vítima ou paixão. Irene se ajoelha a seus pés, segura suas mãos inertes, conversa com ela, mas Esther acena a cabeça negativamente, talvez recusando uma taça de chá, uma reconfortante xícara de café ou algo para comer, ela deve estar em jejum há longas horas, quiçá mais do que um longo dia, e também sem dormir, o sofrimento é capaz de apagar todos os instintos de um ser humano, mesmo sua vontade de viver. Detenho-me admirando suas mãos.

Neste momento ouço gemidos de Francisca, a boa Iaiá. Volto-me para o outro lado. Pela porta vejo, só então, numa sala contígua, a mesa de jantar sobre a qual deve ter ficado o corpo de Augusto, como se fosse um trágico banquete. Debruçada sobre a mesa, Francisca chora, consolada por Olga Fialho.

6

Respiro fundo o ar que vem de fora, num relance vejo a copa de uma aglaia com suas flores e algumas estrelas no céu, grandes como se estivessem muito perto. Num cabide, ainda estão o chapéu-coco de Augusto, o guarda-chuva preto e a manta que Esther tricotou. Tenho a sensação de que ele ainda está vivo, suas roupas se parecem muito com ele, desde quando era rapazinho e seu Higino, o alfaiate, lhe cortava as fatiotas. Nas vésperas da moagem da cana, Córdula o chamava para ir ao engenho, fazer as roupas dos meninos, o *croisé* negro de doutor Aprígio, o fato de Alexandre. Os tecidos vinham da Inglaterra em caixotes, de navio, até Cabedelo, depois seguiam por trem até o engenho. Os meninos reclamavam que eram demasiado quentes, mesmo para serem usados no inverno. Higino gostava de se embriagar junto com os cassacos. Depois, no banheiro de três canos, perto do algeroz, tomava duchas de água gelada e adormecia.

Este chalé onde Augusto viveu seus últimos meses também é parecido com ele, despido de ornamentos, austero, altivo; tem poucos móveis, lustres modestos pendendo do teto, portas e janelas altas, com vidros coloridos. A pintura está um pouco descascada nas madeiras. Os aposentos são pequenos; o piso range, como as escadas daquele sobrado na frente do cais Mauá.

7

Num corredor à direita, fica a porta da sala de banhos e em seguida uma pia de metal, redonda, junto a um filtro de barro coberto por pano de crochê. A cozinha é o aposento mais amplo da casa; embora seja estreita é bastante comprida. Perto do fogão duas pessoas conversam em tom baixo de voz, aquecendo as mãos no calor das brasas. Tia Alice estende massa com um rolo, sobre uma tábua. Irene Fialho, incansável, mexe ingredientes numa panela com uma colher de pau. Mulheres ajudam-nas. Embora tenha se passado um bom tempo desde que vi Irene pela última vez, ela continua a ter sua notável beleza que partia tantos corações na Paraíba e que inspirou Augusto a escrever uma ode, chamando-a de mais bela do que a virgem de Correggio e os quadros divinais de Guido Reni — para rimar com egrégio e Irene.

"Qual um crente em asiático pagode, entre timbales e anafis estrídulos, cativo, beija os áureos pés dos ídolos, assim, Irene, e eis o motivo porque fiz esta ode."

Demoro-me a admirar o nariz, os lábios, o queixo de Irene iluminados pelas chamas do fogão. Tem os traços muito parecidos com os de Esther, mas o resultado é diferente, mais frio, aristocrático. Nunca me esquecerei do momento em que quase sucumbi a seus encantos, quando fui levar uma partitura musical para Esther em sua casa e Irene abriu a porta; vestia uma roupa preta que marcava seu busto, o tecido estava coberto de fiapos e a impressão era que um céu estrelado se tinha aberto diante de meus olhos. Mas quando Esther surgiu atrás de Irene, com seus fulminantes olhos negros, para me receber, tive certeza de que era a ela que eu amava.

8

No extremo da cozinha há uma pequena varanda, de onde sai uma escada até um quintal, também comprido, que termina num córrego. O jardim está florido. Há vestígios de trabalho de jardinagem: um par de luvas, uma tesoura de poda, balde para regar, um ancinho. Deve ser um recanto de Esther, Augusto nunca se interessou por flores, amava as árvores frondosas, as florestas selvagens, as montanhas.

Uma rede está armada entre as árvores, presa com cordas; devia servir para a sesta de Augusto, ou para ele se embalar com os filhos. Perto da rede, brinquedos foram esquecidos pelas crianças.

Num varal, estão dependuradas peças de roupas de mulher, tingidas de preto, secando. São perfumadas, macias, modestas. Em algumas delas a tinta não pegou muito bem, e apresentam manchas ou desbotados. O velho xale de barbante de Esther também foi tingido.

Sob a casa fica uma porta, que dá num porão. Está aberta e lá dentro há um baú e uma cadeira. Talvez neste baú estejam manuscritos de Augusto, ou as cartas que recebeu da mãe, dos irmãos, dos amigos; talvez haja ali um diário, ou um álbum de Esther. Tenho a tentação de abrir o baú, mas me sinto observado e desisto. No fundo do porão empilham-se alguns caixotes; perplexo, constato que guardam centenas, talvez um milhar de exemplares do *Eu*, mofados, manchados de umidade, alguns até mesmo com as beiradas roídas por ratos.

9

Encontro Rômulo, que também espairece pelo quintal, fumando um charuto.

"Os olfatos delicados das senhoras", ele diz. "Olga me proibiu de fumar dentro de casa."

Ele fala longamente sobre Augusto, de tal maneira que parece sentir-se responsável por sua morte. Diz que, se tivesse ficado no Rio de Janeiro, talvez Augusto não tivesse adoecido dos pulmões.

"Não se culpe por tê-lo ajudado", digo.

"Quem poderia adivinhar? Foi o clima."

"O Rio de Janeiro também é muito úmido. Não se torture, Rômulo. Todos têm sua hora marcada."

Conversamos sobre a cidade, ele me conta como foi sua nomeação para delegado, sua volta para Minas Gerais, onde nasceu. Fala sobre a amizade que une as irmãs Fialho e que atraiu Esther para Leopoldina. Pela maneira como fala, parece-me que a vinda para o interior foi uma exigência de Esther, como se ela quisesse ficar ao lado da irmã. Sempre achei que Esther não queria deixar a metrópole.

Pergunto a Rômulo se os livros no porão são encalhe da edição feita no Rio de Janeiro, Augusto nunca me falou sobre essa quantidade de exemplares, dava a impressão de que todos tinham sido vendidos. Rômulo diz que o encalhe é a única herança deixada para Esther. Quando Augusto estava vivo,

210

Rômulo tentou convencê-lo a por anúncios na *Gazeta Leopoldinense* oferecendo os volumes aos moradores da cidade a um bom preço, mas ele não concordou. Agora, talvez Esther seja obrigada a fazê-lo, para levantar algum dinheiro. De que valem esses caixotes de livros apodrecendo num porão? Nem mesmo podem mais ser queimados, pois estão úmidos.

10

    Rômulo fala sobre os crimes na cidade, poucos, sobre a vida calma, diz que nem precisa ir à delegacia, quando há algum problema vão chamá-lo em casa. Quem pode viver assim, no Rio de Janeiro, com tantos mendigos e assassinos soltos pelas ruas?, pergunta. Com tantos boêmios, duelos, brigas, vadiagem, vandalismo, política, gente armada até nas confeitarias. Criaram a polícia de costumes no Rio. "Finalmente." De vez em quando surgem no Rio algumas ideias louváveis. O Rio precisa de uma polícia enérgica, meticulosa, que refreie um pouco o espírito lamentável de certos cavalheiros na avenida Rio Branco.
    "Li nos jornais", ele diz. "Hoje chega o Venceslau na cidade. Será que vão deixá-lo entrar? Ouviu os boatos da revolução? E a guerra?"
    A guerra toma as páginas de nossos jornais e a cabeça dos jovens arrebatados, que sonham com as batalhas, imaginam-se pilotando aeroplanos, sobrevoando cidades, despejando bombas nas catedrais dos inimigos. Metem suas imaginárias botas na lama para atravessarem campos minados, saltam sobre cercas de arame farpado, cavam trincheiras, atiram com canhões, enfiam baionetas nos peitos dos inimigos, que muitas vezes têm o rosto de seus próprios pais ou irmãos. A guerra, para nós, é apenas uma fantasia. O Brasil permanece numa insuportável paz, como se não fizesse parte do mundo.

Algumas vezes caminhamos pela rua e ouvimos alguém gritar "*Vive la France!*", mas é uma voz solitária; os bondes continuam a passar, o céu tem somente estrelas, os mares apenas ondas e pacíficos barcos. As mulheres continuam de braços dados com seus maridos, ninguém foi lutar, ninguém vai morrer pela pátria.

"O povo brasileiro só vai empunhar suas escopetas no dia em que o privarem de seus magníficos cigarros Vanillé", diz Rômulo, e suga a fumaça do seu charuto.

Os russos continuam a avançar em território alemão. Przemzyl se prepara para o sítio. Os turcos e os russos estão travando um sangrento combate perto de Erzerum. Os alemães saquearam e incendiaram um castelo em Querefond. "De que lado você está?", ele pergunta. Discutimos a guerra. Quando terminamos de fumar, retornamos para o interior da casa. Ele está um tanto irritado, sempre tivemos nossas diferenças de ideias. Ele me considera um sujeito estranho, apenas porque eu gostava de esmagar bichos nas paredes com os dedos, deixando marcas de sangue dos mosquitos, de vísceras das baratas ou moscas. Eu parei com essa mania, mas ele continua a ter um rosto de padre.

11

Na sala, Esther dá um gemido. Muitas pessoas, entre elas Irene, correm para socorrê-la. O homem que me pareceu um farmacêutico tira de sua maleta um frasco, molha seu lenço com o líquido que o frasco contém e faz Esther aspirá-lo. Ela tomba a cabeça para trás, emite um ruído como se fosse o relinchar de um potro e permanece recostada, imóvel, os lábios entreabertos, os dentes cintilando, o corpo seguro pelas mãos do farmacêutico. Ele confabula com tio Bernardino, em seguida se abaixa, enfia os braços por detrás das espáduas e das jarreteiras de Esther, pega-a em seu colo como se fosse uma noiva desfalecida, atravessa a sala ao lado e desaparece com ela num dos aposentos íntimos.

O chapéu de Esther fica caído no chão, e permaneço observando-o até que tia Alice vem apanhá-lo e o leva para o quarto. Irene passa por mim, apressada, levando uma bandeja com uma chaleira de água quente, toalhas, um estojo metálico, vidros. Do lugar onde estou, posso ver o que se passa no quarto. Os pés descalços de Esther parecem gelados, pálidos, na borda da cama; seus sapatos estão no tapete, seu chapéu foi colocado sobre um baú onde cintila uma lamparina. Na cama, Esther chora convulsivamente; Irene desabotoa sua blusa, o que me faz estremecer; em seguida desnuda o ombro de Esther. O farmacêutico, que contra a lamparina sugava uma ampola com a seringa, aplica uma injeção na viúva. Aos poucos suas convulsões vão perdendo intensidade e afinal ela adormece.

12

Meus sofrimentos sempre foram menores diante dos de Augusto, sempre competimos de certa maneira sobre quem sofria mais grandiosamente, como um jogo de xadrez em que as peças não fossem cavalos, bispos, torres, reis, rainhas mas a angústia, a dor física, a dor mental, o vazio existencial, a depressão, as forças subterrâneas, a morbidez, a neurose, o pesadelo, a convulsão do espírito, a negação, o não ser, a mágoa, a miséria humana, o uivo noturno, as carnações abstêmias, os lúbricos arroubos, a fome incoercível, a paixão pelas mulheres impossíveis, a morte; e nesse momento ele parece zombar de mim, como se dissesse: "Vê, como são tolos seus sofrimentos? Você perdeu um amigo e eu perdi a vida".

Dou um riso idiota, diante de meu pensamento. Uma mulher me surpreende e fica indignada com minha risada. Talvez a alma de Augusto esteja pairando pela casa e sentindo, ainda, um pedaço de vida. Um cheiro de café se espalha na sala.

Um quarteto de mulheres — Irene, Olga, tia Alice e dona Miquilina, a mãe de Esther — surge do corredor da cozinha, com bandejas, e oferece lanches aos presentes. Tia Alice passa com xícaras de café, para diante de mim a fim de que eu me sirva, cumprimento-a de leve com a cabeça, ela não responde, finge que não me reconhece. É quase certo que me odeia, por causa de minha ex-noiva, Marion Cirne. Além disso, deve me considerar um fanfarrão, um perturbador da ordem, no que tem razão. Imagino o que ela dirá, o que todos dirão, quando souberem que escondi Camila em minha casa e, muito pior, deixei-a sozinha, cuspindo sangue numa bacia.

Recuso a xícara de café, embora esteja precisando do reconforto que este líquido estimulante nos é capaz de fornecer. Também recuso os biscoitos, as empadinhas, os pasteizinhos que as outras mulheres servem. Avisto num canto escuro uma conversadeira e sento-me, sentindo um grande cansaço.

A toalha que cobre a mesa, rebordada em ponto de cruz com ramos de flores, deve ter sido feita por Esther, que sempre foi habilidosa; quantas vezes a vi sentada com seu bastidor a bordar, atenta à lição que Augusto ensinava a algum aluno. Quase todos os objetos desta sala me trazem recordações da Paraíba. Os castiçais de prata eram do aposento de refeições da casa-grande do Pau d'Arco. O quadro na parede ficava no sobrado onde Esther e Augusto foram morar logo após o casamento; representa uma paisagem da Várzea, com as águas livres do Una. A água sendo libertada causava em mim uma emoção mista de medo e prazer. Por causa dessa cerimônia da Botada, tive durante anos pesadelos com grandes massas de água negra me arrastando, me afogando; pousado no fundo eu sentia o peso do rio sobre mim. A água preta libertada parecia nossas almas contidas de adolescentes oprimidos por uma rígida educação, nossos desejos de sexo, explodindo, nossos segredos sendo revelados.

13

Um vento frio entra pela janela do chalé. Será que Esther acordou? Olho para a rua, o automóvel e as seges se foram. Um homem em pé do outro lado da calçada, coberto por uma capa e capuz, fuma um cigarro, olhando para o chalé, como se esperasse alguém. Parece-me uma pessoa familiar, aproximo-me mais da janela, porém não o reconheço, é alguém que nunca vi. Sento-me novamente, sentindo cansaço nas pernas e muito sono. À medida que o tempo passa, o ambiente na sala fica mais fresco. Tia Alice, com sua bandeja, recolhe as xícaras espalhadas sobre os móveis, depois desaparece no corredor. Faz-se um silêncio mortal.

Posso ouvir o ar entrando e saindo de meu peito, as batidas de meu coração, o relincho de um cavalo lá fora, distante. Feito uma visão, Esther surge de repente, vestida com uma camisola nacarada. Não dirige nem um simples olhar em minha direção, como se eu não existisse. Dá uma volta na sala, quase sonâmbula. E sai. Fico esperando Esther voltar. Pressinto, todavia, que não estou mais sozinho, alguém sentou-se ao meu lado sem que eu percebesse. Viro o rosto e vejo Augusto.

A lua provinciana

1

    Muito pálido, Augusto tem seu chapéu-coco pousado sobre as pernas cruzadas, os braços esticados e as mãos sobre o guarda-chuva preto. Cumprimento-o com um aceno de cabeça e Augusto responde, sorrindo.
    "O que está achando da minha morte? Bela? Triste? Voluptuosa?", ele pergunta.
    "Sim, tudo isto", digo.
    "Mas ela é horrenda como o mais horrendo dos monstros. Sabe o que vai acontecer agora com o meu corpo frio? Os vermes vão me comer, vão fazer incharem minhas mãos, já estão espreitando meus olhos para roê-los e vão deixar-me apenas os cabelos. E os cristãos que aqui choravam agora foram para casa, e vão uivar com a boca aberta, a mostrar as carnes de seus corpos; farão o trabalho genésico dos sexos. Vão dançar, parodiando saraus cínicos, os esqueletos que ainda não se desfizeram de suas carnes vão rodopiar nos lupanares, acoitar-se nas tavernas e se entregar aos saracoteamentos da lascívia."
    "Meu Deus! Você fala mesmo como Augusto. Não há dúvidas de que você é Augusto."
    "Ah, esta é a noite dos vencidos, meu velho, e dessa futura ultrafatalidade de ossatura a que nos acharemos reduzidos. Não vai me beijar? Não parece alegre por me rever."

"Que bom ver você." E dou-lhe um beijo na face, fria como uma pedra de gelo.

"Por que está suando? Tome meu lenço, enxugue sua testa."

Em vez de me dar um lenço, ele me estende uma caixa de fósforos. Como não a pego de sua mão, ele a abre e acende um palito; pego um cigarro turco na cigarreira, ele estende até minha boca a pequena chama e acende meu cigarro.

"Você não está apaixonado por Esther, está, meu velho?", ele pergunta.

"Não! Não!"

"Ainda não conseguiu esquecê-la, não é, meu velho?"

Uma terrível angústia me toma. Quero continuar a falar com Augusto, mas não consigo dizer nada. Camila aparece. Ergue o braço e esbofeteia meu rosto. Sinto a dor mais no peito do que no rosto, quero gritar, pedir que alguém me ajude, mas não consigo, meu corpo treme, solto finalmente um gemido, descubro que estou dormindo, desejo acordar, faço um imenso esforço para emergir do sono, e quando consigo abrir os olhos vejo, bem perto de meu rosto, o de tio Bernardino.

"Está tendo um pesadelo, meu filho?", ele pergunta, com sua voz afetuosa.

"Sim, creio que sim."

"Quer tomar alguma coisa?"

"Sim, um conhaque, talvez."

"Isso vai ser difícil de encontrar aqui, e na rua nada deve estar aberto a esta hora. Vá para casa descansar, como os outros fizeram. Amanhã de manhã estará melhor. Veio no trem de hoje? Não o vimos. Vou lhe trazer um café forte."

2

A sala está vazia. Olho as tristes velas apagadas; nos castiçais um monte de pingos de cera escorre. A janela deixa entrar um vento ainda mais frio. Fecho a sobrecasaca. O estranho que vigiava a casa se foi. Meu coração se acalma.

Tia Alice entra com uma bandeja pequena, na qual estão uma xícara fumegante e um pratinho de biscoitos. Minhas mãos tremem levemente quando penso que vou ter de enfrentar mais uma vez seu desprezo. Ela senta-se ao meu lado e põe a bandeja na palhinha da conversadeira.

"Sirva-se, meu filho." Tira um pincenê de um saquinho preso à cintura e o põe diante dos olhos, enruga a testa, afasta um pouco o rosto como se procurasse o foco. Ela vai me censurar, dizer palavras amargas, incriminatórias, sensatas.

"Meu querido sobrinho", diz. "Não o vi por aqui, só agora é que soube que você veio, desculpe-me, estou mais míope do que antes. Como sinto prazer em revê-lo. Por que nunca nos deu notícias? Jamais escreveu uma carta? Estava morando no Rio de Janeiro e nunca nos foi visitar, comer um beijuzinho, um cuscuz."

"Desculpe, tia."

"Ou um sarapatelzinho, daqueles, claro que não sei fazer como a Donata e a Librada, mas dá para ter algum prazer, meu afilhado querido. Está morando ainda na chácara em Botafogo?"

"Sim."

"Coma esses biscoitinhos. Você jantou?"

"Não se preocupe, tia. Estou sem fome."

"Não nos viu na estação? Ora, é claro que não nos viu, ou teria gritado para nós. Está no hotel? Por que não vem ficar aqui?, é um pouco apertado mas tem uma rede, você dorme em rede ou em cama? Pode economizar o dinheiro do hotel. Sua boca está inchada, quer uma compressa de sal?"

"Não se preocupe, tia."

"Coma, meu filho, mais um, quer que eu traga um prato de feijão com carne-seca? Você adorava carne-seca com feijão, lembra? Vou na cozinha preparar um pratinho fundo, você gosta de prato fundo e colher, não é mesmo? Ou não gosta mais?" Aproxima seus lábios de minha orelha. "Se tiver vergonha de comer de colher na frente dos outros, pode comer na cozinha, não há ninguém lá, coitada da Esther, não tem ninguém para ajudá-la na cozinha, a Alexandrina se ocupa o tempo todo com as crianças. Você quer ver os filhos de Augusto?"

"Sim."

"Então venha, venha, meu filho."

Sigo-a pela sala, passamos ao lado da mesa onde esteve o caixão, ela se persigna e dá alguns soluços dolorosos, vira-se para mim e mostra sua face contraída de dor, faz sinal para que eu continue a segui-la. Uma freira cruza por nós, segurando um terço. É uma mulher ainda jovem, de perfil familiar; tento reconhecê-la porém ela vira de costas e vejo apenas o formato da cabeça, que igualmente me parece conhecido, assim como a maneira de ela se mover; mas tia Alice entra numa antecâmara escura e vou atrás dela. No fundo da sala de jantar fica a porta do quarto das crianças.

3

A chama tênue de um candeeiro espalha uma luz dourada que forma na parede a sombra do perfil de uma mulher. A fiel portuguesa Alexandrina adormeceu sentada numa cadeira, com um terço na mão. Desperta com nossa entrada no quarto e volta a rezar.

Uma janela fechada deixa entrar, pela fresta, o cheiro das flores das aglaias. Na parede do fundo fica encostada uma cama gradeada, ao lado de um berço coberto por um véu de filó. Tudo tem o toque da mão de Esther, firme, cuidadosa com as minúcias, expressando um quê de primitivo, cores fortes, ângulos retos, gestos bruscos, rápidos, conscientes. Tia Alice pega a candeia, abre o mosquiteiro e ilumina Guilherme, já grande para o berço.

"Não é imenso para a idade?", ela diz.

O menino dorme com as pernas dobradas, a camisola levantada. É uma criança forte, de coxas sólidas e pés grandes. Tia Alice cobre as pernas do garoto, ele dá um gemido, ensaia um choro, a tia balança o berço, canta uma canção de ninar e o faz adormecer novamente.

"Não é lindo?", murmura tia Alice. "Rosado como um bombom. Vai ser desembargador, tem cara de estudioso, não tem? É um menino afetuoso, come a papa toda sem reclamar. Já sabe falar algumas palavras. Disse meu nome direitinho. Os meninos são melhores filhos do que as meninas, são mais obedientes, pelo menos enquanto crianças. As meninas são umas diabinhas. Glória já tem um álbum. Ela está aprendendo umas palavras em francês, que o pai ensina, ensinava, ah Deus, o que vai ser dessas crianças?" E solta um lamento, mais para comportar-se da maneira que acha que espero que se comporte do que para exprimir seus profundos sentimentos de tristeza, todavia sinceros. Alexandrina soluça.

"Venha ver Glorinha", diz tia Alice. "Parece um pouco comigo, Esther mesma me disse. Tem o meu temperamento, pelo menos."

A luz do candeeiro clareia o rosto de Glória, que eu já conhecia da fotografia que Odilon me mostrou. Ela dorme com as mãos sobre o peito, respira bem e profundamente. Tem os traços da mãe, agora que seu rosto é mais de menina que de um neném. Curiosamente, embora tenha a expressão plácida do sono, parece sofrer; talvez por causa da posição da cabeça, um tanto virada, como se estivesse tentando olhar para algo muito acima dela, muito acima das nuvens, dos sonhos, das quimeras. Tia Alice arruma a cabeça da menina numa posição mais confortável. Põe o candeeiro sobre a cômoda e vamos para a cozinha.

4

Ela me faz sentar à mesa, manda que eu espere, vai preparar algo para eu fazer uma refeição. Mas quando está tirando uma panela do paneleiro, ouve-se um grito de Esther, depois seu choro. Tia Alice larga a panela sobre a pia e se dirige apressada para a porta.

"Espere um pouco, meu filho, vou ver o que se passa com a pobre, já volto para lhe preparar uma comida."

Fico sozinho, sentado à mesa, olhando a panela na qual eram preparadas as refeições que Augusto comia. No fogão, algumas brasas ainda brilham, sob um grande bule. Sinto-me observado e quando me viro, vejo de relance o vulto da freira, desaparecendo no corredor.

Uma quantidade de xícaras, pires, pratos, colheres seca sobre um pano. Sobre a copa de mangueiras surge uma lua fina, tímida, uma silhueta que me lembra a da lua do Pau d'Arco. A lua, na metrópole, é diferente da lua na cidade pequena ou no campo, embora seja a mesma. E essa lua antiga, provinciana, familiar, me atrai de tal maneira que, quando percebo, estou caminhando na rua a olhar para ela.

Os tristes vidros violeta

1

Não tenho vontade de entrar no hotel. Sento-me no degrau do coreto da praça. Das janelas iluminadas vem o ruído de vozes, de talheres. Um cachorro vadio fareja o chão; logo vem sentar-se aos meus pés, os cachorros sarnentos das ruas me seguem como se eu fosse um deles, sabem que eu os compreendo e sentem minha compaixão.

A tenda dos "turcos", iluminada por dentro, translúcida, parece um abajur; as silhuetas dos mascates sentados, conversando, ou se movendo em alguma tarefa, ou preparando comida, ou comendo, ou dobrando peças de tecidos, me entretêm por muito tempo. Esses homens vêm de longe, do outro lado do mundo, da terra do Levante, das montanhas frias, se estabelecem em São Paulo e dali partem, carregando nas costas baús mais pesados que eles mesmos; caminham léguas e léguas para venderem suas mercadorias. Deixam suas mulheres, seus filhos, seus pais, sua língua, seus campos de trigo e vão fazer comércio pelo mundo afora. Deve ser uma vida dura, mas fascinante.

Numa gaita de lata, um deles tenta executar uma melodia; erra; repete as notas, recomeça, tenta mais uma vez, improvisa; o resultado é sempre oriental, sinuoso, parecido com a vida arrastada, pesada, variada, aventureira que esses homens levam pelas estradas e matos, pelas aldeias e fazendas. Devem ter acampado nesta praça não apenas por causa de sua situação geográfica, pois a praça da estação é mais central e mais movimentada; escolheram ficar sob as palmeiras, devem sentir-se em casa, olhando as copas das árvores que lembram um pouco os cedros-do-líbano.

2

Uma mulher vem à janela de um chalé, fica algum tempo debruçada, talvez também olhando os turcos; em seguida fecha a janela. Um homem muito velho, curvado sobre uma bengala, atravessa penosamente a praça; demora a chegar ao outro lado; atravessa a rua e desaparece, numa esquina onde está um rapaz fumando, com um pé na parede. De uma das casas sai uma moça, ela vai até o rapaz, beija-o e os dois vão pela rua, de mãos dadas, tímidos, felizes, atraídos um pelo outro.

Em Leopoldina todos os moradores têm algo em comum, talvez movimentos mais lentos, ou uma concentração no espírito; são uma gente contida, ingênua, eivada de pureza e paciência. Só as pessoas assim continuam em cidades como Leopoldina; os agitados, os impacientes, procuram lugares que correspondam a seu ritmo interior.

O religioso que fez o sermão no enterro de Augusto aparece no pátio da igreja, tranca a porta lateral do templo, guarda a chave no bolso e sai caminhando, as mãos para trás, com ar de quem não quer ir a lugar nenhum. Para perto do coreto e fica um longo tempo olhando a tenda estampada de arabescos, como se quisesse entrar nela, deve saber o que é a vida de um mascate, muitos padres são nômades, desenraizados. Quando me vê sozinho, olhando a mesma cena que ele olhava, aproxima-se e senta-se ao meu lado. Diz que se chama padre Fiorentini. De seu nariz e de suas orelhas saem pontas de pelos. Sua batina cheira a palha e está puída na gola, o que me enche de ternura por ele.

3

"Esses aí se matam de trabalhar", diz, com um distante sotaque italiano. "A essa hora ainda estão contando o dinheiro."

O padre diz que o povo da cidade o procura exigindo que expulse os turcos, pedem ao prefeito que não os deixe acamparem na praça. Os homens dizem que eles carregam punhais nas botas e têm sede de sangue. As mulheres reclamam que não podem tocar nos panos que eles vendem, que eles oferecem vidro como rubi, tafetá como seda, lata como ouro, que eles rogam pragas e as fazem ter pesadelos de noite, quando não compram mercadorias. Que nem católicos são, além de tudo, mas do islamismo. O que se pode fazer? Também são filhos de Deus.

É bonita a música deles. Ouve-se de noite em todas as ruas, mesmo as mais distantes, como se dominasse a cidade. As pessoas têm medo dos turcos, mas o padre sente pena deles.

Ele diz que me viu chegar no trem, sabe que vim do Rio de Janeiro. Viu-me no cemitério, no hotel, na rua, na casa de Esther. E agora na praça. Parece ter conhecimento de todos os meus passos.

"Sabe, meu filho, esta cidade está de luto, há um grande pranto em Leopoldina, como se lhe tivessem saqueado toda a prata e ouro e os vasos preciosos e os tesouros escondidos. Os príncipes e os anciãos gemem, as virgens e os jovens perderam as forças, a formosura das mulheres desapareceu, como no luto de Israel no Primeiro Livro dos Macabeus. Os homens se entregam ao pranto e as mulheres, assentadas sobre seu leito, derramam lágrimas. Estamos perplexos. Aqui, todos nos sentimos culpados pela morte do poeta."

"Ah, mas que tolice."

"Sim, uma tolice, mas os corações são tolos. O povo não deixa a casa da viúva, todos querem dar-lhe afeto, querem ter a ilusão de que o poeta não morreu."

4

"Eu gostava desse rapaz", diz o padre. "Um dia ele foi visitar-me em minha casa, sabe, ele tinha o costume de ir à minha casa, sendo um homem de elevada espiritualidade e muita vivência, não sentia medo dos meus animais, como as pessoas daqui. Tenho muitos animais, porém são todos empalhados, eu mesmo os empalho. O senhor Augusto era um grande conversador. Passamos noites agradáveis a falar sobre a substância do mundo, bebendo xícaras de café, ele punha água no café para ficar bem ralo, e uma imensa quantidade de açúcar em pedras que trazia de sua casa, enroladas num guardanapo. Discutíamos os problemas mais essenciais da existência, ele era capaz de formular o sentido da humanidade em poucas palavras. Era budista, mas perdoando-lhe esta fraqueza um teólogo poderia deliciar-se com suas observações absolutamente originais sobre o Universo. E, apesar de ateu e pessimista, cultivava uma dolorosa amizade pelos seres humanos, uma desesperada fraternidade cristã. Também falávamos sobre política, sobre a escravidão humana, ah, ele tinha boas ideias."

"Ele teve uma formação humanista profunda. Vivia uma grande aventura no espírito em busca de uma definição de si mesmo a fim de compreender o mundo."

"Rimou um hino à virtude, para a festa da Casa de Caridade Leopoldinense. Já pensou? Um poeta vindo do Rio de Janeiro dar-se a esse trabalho! Por que ele era tão triste?"

5

Augusto nunca foi criança. *Il a déjà la gravité d'un adulte*, dizia Dona Mocinha de seu filho. Ele parecia mesmo um adulto, com sua fatiota preta sobre uma camisa toda abotoada, sapatos limpos e meias, os cabelos penteados, os olhos graves, debruçado sobre um livro, ou atento a alguma explicação.

Ao deixá-lo na gare do Rio de Janeiro, na última vez em que o vi, vivo, ele era o mesmo menino com ar de adulto, imerso numa melancolia nefasta, que já devia ter a mão da Morte sobre sua cabeça.

Algumas vezes cheguei a pensar que os culpados da tristeza de Augusto foram os vidros violeta das janelas da casa do engenho. Criavam no interior da residência uma luz com ar noturno, uterina. Pelas janelas sempre era a hora do lobo. A luz arroxeada o deprimia. Os seres e os objetos se cobriam de uma luz púrpura, como se fosse Semana Santa, quando as imagens de santos que havia na casa eram cobertas por panos roxos.

As longas invernadas, de chuvas finas que como um véu de tristeza demoravam uma ou duas semanas seguidas, talvez fossem, igualmente, causa de melancolia para Augusto. Nesses dias não podíamos sair de casa, pois a lama tomava tudo. Às vezes desabavam tempestades, relâmpagos cintilavam nos vidros, raios caíam nos cumes das árvores, trovões explodiam em nossos ouvidos, corríamos para a saia das mulheres na cozinha. Donata e Librada não tinham medo das tempestades, diziam as palavras mágicas e tranquilizadoras, "Eita, pai da coalhada!". Quando o sol voltava a brilhar, os canaviais se tornavam campos dourados, o céu adquiria uma profundidade infinita, as nuvens ficavam paradas, como se fossem uma pintura. O sol, para o povo da Várzea, era uma bênção, da mesma forma que para os moradores do Agreste era uma praga.

"Sabe, filho", diz o padre, "depois da morte do senhor Augusto, estive muito pensativo, sofrendo efeitos do desassossego em meu coração. Não sei se erramos com ele. Não sei se deixamos de fazer algo que deveríamos ter feito. Ninguém esperava que ele fosse morrer. Foi uma fatalidade. Ou não? Fui visitá-lo quando caiu doente. Tive uma intuição de que era algo grave, mas nada fiz. Se errei, agora é tarde demais para me redimir. Só me resta o arrependimento e esperar que as dores no meu lombo não me encurvem mais. Que eu não fique como o pelicano no deserto nem a coruja nas ruínas, que não dormem. Que Deus se apiede de mim. Que Ele nos retribua consoante nossas iniquidades."

6

De madrugada, como o pelicano no deserto ou a coruja nas ruínas, não consigo dormir. Penso em Camila. A mancha de sangue se espalhando na bacia se repete continuamente em minha lembrança. Tento pensar em outras coisas, mas a imagem volta, torturando-me.

O rosto da morte

1

Pela manhã, após tomar minha refeição no hotel, vou à estação e compro os jornais de ontem do Rio de Janeiro e a *Gazeta Leopoldinense*. Este é um jornal bem impresso, com quatro páginas, e que se ufana de ser o único diário da região, além do de Juiz de Fora. Na primeira página há um extenso artigo lamentando a morte de Augusto. Vou à barbearia. Leio o necrológio enquanto espero o barbeiro me atender. Os dois homens que aguardam, sentados nos bancos, também leem os jornais, em silêncio. O barbeiro fala com o senhor a quem escanhoa, sobre o dia de hoje, uma sexta-feira, 13. Diz que todas as iniciativas tomadas neste dia nefasto terão insucesso.

Este é o primeiro dia de Augusto no além. É uma sexta-feira, 13. Ele também guardou, dos antepassados, a superstição do mistério dos números. Vêm à minha mente versos de Baudelaire, "Aujourd'hui, date fatidique, vendredi treize". Tenho de suportar a maldição de ser ao mesmo tempo materialista e supersticioso; blasfemo e contrito; dividido entre a fé e as dúvidas.

2

As janelas e a porta do chalé de Augusto estão fechadas, parece não haver nenhum movimento na casa, como se todos ainda dormissem. Subitamente a porta se abre e dona Miquilina sai, de mão dada com a filha de Augusto, ao lado de Francisca, que tem o menino no colo, todos vestidos de preto; caminham até o fim da rua e desaparecem na esquina. Fico um longo tempo hesitando entre bater ou não à porta. Esther deve estar sozinha em casa; ou, quem sabe, na companhia das irmãs. Atravesso a rua.

Ouço, vindo de dentro da casa, o ruído contínuo de uma vassoura varrendo; um móvel é arrastado, depois retorna ao seu lugar, em seguida outro móvel. Alguém limpa a casa. Esther deve estar na cama, ainda entorpecida pela dor. As flores nos vasos, às janelas, são realmente margaridas; estão bem tratadas, têm cores intensas e pétalas bem desenvolvidas. Inesperadamente uma das janelas se abre e duas mãos de mulher sacodem um pequeno tapete, que espalha poeira pelo ar. Dou alguns passos atrás e vejo Esther à janela.

3

Ao me ver, ela para de sacudir o tapete, estende-o no parapeito e desaparece. Nem ao menos me cumprimentou. Dou meia-volta para ir embora quando a porta do chalé se abre. Esther acena para mim.

"Veio fazer-me uma visita?", ela diz. Sua voz está firme, é a voz de quem não tem nada a perder, ou de quem já perdeu tudo. "Vi-o ontem aqui em casa, depois do enterro. Não pude falar-lhe, desculpe-me, estava... você viu."

"Sim, eu vi. Nem sei dizer como me sinto. Nem sei o que dizer."

"Então não diga nada. Não o ouvi bater. Entre. Quer tomar um general?"

Subo os degraus da entrada, atrás de Esther. Há uma vassoura encostada num canto. Uma poeira dourada flutua dentro da casa, iluminada pelos raios de sol matinal que entram pela janela.

"As crianças foram à missa, com Iaiá e mamãe. Minha mãe e minhas irmãs estão me ajudando muito, não sei o que faria sem elas. Você viu meus filhos, como estão grandes?"

"Ontem tia Alice me levou ao quarto das crianças e as vi dormindo. São lindas, saudáveis, muito especiais."

Esther me manda segui-la até a cozinha. Faz um sinal para que eu me sente à mesa. Aspiro o perfume de café. Ela tira de uma prateleira uma xícara e a põe diante de mim. Está trincada na borda. Esther a troca por outra, que tem uma leve rachadura.

"Pobres dos meus filhos", ela diz. "Não sei o que devem estar pensando sobre a morte do pai. Não têm consciência do precioso tesouro que perderam. Você acha que as crianças são capazes de compreender a morte?"

"Ninguém compreende a morte."

4

Esther derrama um café aguado na minha xícara. "Já tem açúcar."

Pergunto-lhe se vai voltar para a província.

"Ainda não sei, não pude pensar em nada. Foi tão fulminante. Você não pode imaginar, não me é possível descrever a dor que me está causando a separação de Augusto. Que desoladora situação!"

"Foi uma congestão pulmonar?"

"Sim, degenerou em pneumonia. Todos os recursos da medicina acompanhados dos meus cuidados foram baldados diante da moléstia atroz. Você recebeu a carta dele, falando sobre a doença?"

"Sim, e arrependo-me de não ter vindo antes. Ia sempre à estação do trem e aos telégrafos, em busca de notícias. Se eu pudesse imaginar..."

"No começo ele adoeceu de um resfriamento comum, mas não ficou sem remédios. No fim de outubro ele caiu na cama com muita febre, frio e dor de cabeça. Mandei chamar o médico, que imediatamente examinou-o, auscultou-o, encontrando a base do pulmão direito congestionada. Passados dois dias, não cedendo a congestão, o médico fez o exame de escarro e encontrou o bacilo da pneumonia. O Augusto perguntou-lhe se o exame bacteriológico não demonstrava o bacilo da tuberculose."

"Ele sentia muito medo de ficar tuberculoso."

"Sim, mas o médico disse que ele ficasse tranquilo, nada tinha de tuberculose. Apesar da moléstia ter atacado somente o pulmão direito, e não pensarmos que ela lhe fosse fatal, não perdemos um instante sequer para medicá-lo. Tudo foi empregado: compressas frias, banhos mornos, cataplasmas sinapizadas, injeções intravenosas de electrargol, injeção hipodérmica de óleo canforado, de cafeína, de esparteína. Lavagens intestinais, laxativos, uma grande quantidade de poções e outros remédios. Além das pessoas da família, o seu Domingos Ribeiro cuidou do Augusto, foi seu enfermeiro dedicadíssimo. Não poupava esforços, ficava ao lado do Augusto desde as cinco da manhã até depois do almoço. Os remédios e a comida eram dados com toda cautela, tudo era por escrito, desde o grau da temperatura de suas febres, com os horários e a duração, até a água que tomava, e em que quantidade. Apesar disso, nada detinha a moléstia. Quando meu marido piorou, o seu Domingos vinha a qualquer hora da noite, ou da madrugada, toda vez que eu o mandava chamar. Augusto delirava de febre, suava, revolvia-se na cama, dizia coisas alucinantes. Nos últimos dias estava tão fraco que mal podia mover a mão. Tomou injeções de soro fisiológico com rum, mas nem mesmo este enérgico remédio pôde reanimá-lo. Você sabe como o corpo do Augusto era franzino."

"Sim, sei."

Esther deixa escaparem duas lágrimas, que escorrem rápidas pelo rosto. Ela vai falar sobre o momento da morte de Augusto, seu rosto é dominado por uma expressão quase fria, como se desejasse esconder sua dor. Ela luta contra si mesma. Precisa conseguir terminar o relato sobre a morte de Augusto.

5

"Ele estava lúcido todo o tempo, exceto quando a febre subia muito e ele delirava", ela diz. "De noite, quando me ouviu chorar, mandou me pedir que não sofresse tanto por ele."

Pela rachadura da xícara forma-se uma gota de café que, ao se avolumar, escorre, espalhando-se no pires. Esther percebe que o café está escapando pela rachadura mas, contrariando seu espírito rigoroso e metódico, não se importa, continua a falar sobre a morte de Augusto. Agora não pode mais voltar atrás.

Tento mudar de assunto, para poupá-la. "Percebi a profunda amizade e simpatia em que o Augusto era tido aqui, com tão poucos meses de sua residência nesta cidade."

"Sim. Durante os dias em que esteve doente, a nossa casa era visitada por todos os que o conheciam. As menores e mais pobres crianças do Grupo vinham saber se o doutor Augusto estava melhor. Muitas entravam e ficavam perto da cama, olhando. Ele sorria para todas. Um dia antes, o Augusto chamou-me ao quarto e despediu-se de mim, dizendo que mandasse suas lágrimas para Dona Mocinha. Pediu que mandasse lembranças a seus amigos do Rio. Disse-me para tratar bem dos nossos filhos, para dar lembranças às meninas do Grupo. Pediu-me que não ficasse aqui, senão a Glória e o Guilherme morriam de pneumonia. Mandou que eu voltasse para o Norte. Recomendou-me que guardasse com cuidado todos os versos e os enviasse para serem editados no Rio."

"Há muitos versos?"

"Sim, creio que são muitos, ainda não tive coragem para olhar o baú com os manuscritos. Augusto permaneceu consciente até vinte minutos antes de... Tinha uma calma e uma resignação que admirava. Pediu um espelho. Olhou seu rosto magro e disse: esta centelha nunca se apagará. Recebeu a extrema-unção. E morreu." Quando pediu o espelho, não queria ver seu rosto, mas o da Morte.

6

"É como se ele continuasse vivo", digo. "Sinto-o mais perto de mim."

"Ainda assim, a eterna separação é a realidade cruel, difícil de se aceitar. Tenho vontade de voltar para o Norte, a fim de satisfazer o último desejo do Augusto. Mas acho difícil uma colocação na capital."

"Posso, talvez, ajudá-la."

"Não é preciso. Quando Deus quer, o homem tudo consegue. Gostaria de fazer-lhe uma pergunta delicada."

"Sim, pode perguntar o que quiser."

"Você conhece bem Dona Mocinha. Tenho medo de que ela possa acusar-me de não ter tomado as devidas providências quando Augusto adoeceu. O que você acha?"

Reflito alguns instantes. Esther tem razão. Embora Francisca esteja aqui, e possa ouvir dos amigos de Augusto o testemunho sobre os cuidados tomados por Esther, sei que uma mãe, no momento da morte do filho, torna-se um ser irracional. Dona Mocinha é impulsiva. Dela pode-se esperar qualquer comportamento.

"Talvez a senhora deva escrever-lhe uma carta, explicando o tratamento que foi ministrado a Augusto."

"Foi o que eu pensei em fazer. Meus cunhados não apareceram aqui."

"Decerto ainda não tiveram tempo."

251

"Mas você teve."

"Foi um acaso. Foi uma coincidência. Eu estava perambulando de madrugada nas ruas e..."

"Você continua o mesmo. Um inveterado. Anda com os notívagos da rua do Ouvidor? Com as 'alcazarinas'? Ainda destrói sem piedade os corações das mulheres?"

"Ah, não fale assim. Sou um outro homem. Eu existo apenas para amar uma mulher, que é a única em meus pensamentos."

"Estava me referindo a Marion. Falou com ela ultimamente?"

"Nunca mais a vi."

"Pois vai vê-la, ela está aqui, veio para ajudar-me com as crianças, quando Alexandrina esteve em sua terra. Marion tem uma grande força espiritual."

Sinto-me sufocar com a ideia de rever Marion. Espero ter a sorte de não nos encontrarmos. Todavia, gostaria de poder vê-la de longe, dissimuladamente, sem que ela percebesse. Queria rever seus cabelos, seus lábios que jamais beijei, ver seu rosto, que já se encontra nebuloso em minha memória, a ponto de se apagar. Seria uma emoção candente rever essa parte de meu passado. Imaginei muitas vezes minha vida ligada à de Marion, estaríamos talvez morando na Paraíba, ou no engenho que herdei de meus pais; teríamos filhos louros e ela daria aulas, tocaria harpa, iria ver as carreiras de cavalos, fazer as apostas, pois adorava apostar.

"Esta foi a única cidade que acolheu a Augusto com os braços abertos", diz Esther. "Sabe que ele morreu magoado?"

"Sim, posso imaginar. Gostaria de ajudá-la. Os papéis foram providenciados?"

"O Eduardo de Souza Werneck pegou o atestado médico com o doutor Custódio e foi ao cartório, vai me trazer ainda hoje a notificação do óbito. O Rômulo está cuidando dessas coisas para mim."

"Eu daria minha vida para ajudá-la, dona Esther."

Ela agradece e me leva à porta. Quando se fecha novamente em casa, ouço o ruído da vassoura, o arrastar dos móveis.

252

*Um urubu pousou
na minha sorte*

1

    Sei que a sorte favorece os audaciosos. Animado pelo bom resultado de minha primeira visita, apesar de ter sido numa sexta-feira, 13, decido voltar à casa de Esther. Hoje é domingo, a cidade está ainda mais calma e deserta. Os sinos da igreja tocaram anunciando a missa. Paro diante do chalé, reflito alguns instantes sobre o que dizer a Esther. Cada palavra deve ser escolhida, pensada e repensada, não posso cometer nenhum erro. Devo dizer coisas gentis, formais, porém afetuosas. Não posso demonstrar minha ânsia de tê-la para mim, isso poderia assustá-la. O pensamento deve ser uma sequência e nunca uma revelação. A inteligência precisa atuar sob o domínio dos sentidos. Devo falar-lhe sobre o Rio de Janeiro, a beleza da cidade, o movimento nos teatros e cafés, conversar sobre as óperas, sobre os personagens femininos, de forma a demonstrar meu profundo amor pela figura da mulher, meu respeito e minha admiração por ela. Devo falar-lhe sobre minha chácara, sugerir a paisagem, o bairro bucólico, a calma das sombras dos jardins, a brisa, o cheiro de feijão na panela, o calor da brasa do fogão, a alegria das empregadas, o banho morno de bacia, a criada de quarto. A mais preciosa chave para penetrarmos o coração de uma mulher, todavia, é demonstrarmos afeto por seus filhos. Mas tudo precisa ser dito sem que pareça forçado, ou intencional. Esther é alerta, sensível, capaz de perceber as nuanças mais sutis. Devo seguir a invejável ordem dos matemáticos, a incansável vigília dos navegadores.

2

Na sala de jantar, a mesa está posta para o almoço. Na mesma poltrona da outra noite, sentada, imóvel, com a mesma roupa, o mesmo chapéu, como se o tempo tivesse voltado atrás, Esther conversa com um homem de pele morena, cabelos arrumados com brilhantina francesa, bigodes encerados, nem um fio fora do lugar; óculos com aros dourados de metal, terno cinza-claro de linho e na mão um chapéu-panamá; emite luz, perfume de sabonete, singeleza provinciana. Reconheço-o. É o homem que vigiava a casa, na noite do enterro de Augusto.

Cumprimento Esther, cerimoniosamente, sentindo minhas mãos trêmulas. Ela me apresenta o sujeito, um professor do Ginásio Leopoldinense. É poeta e veio do Amazonas.

"Sou o maior admirador da poesia de Augusto dos Anjos", ele diz. E olha para Esther, com reverência.

"O professor pretende criar um grêmio lítero-artístico, com estudantes do Ginásio Leopoldinense, para que os jovens não se esqueçam da poesia de Augusto."

"Sim, reuniões semanais."

"Uma ótima iniciativa", digo, enciumado.

Neste momento sinto o chão desaparecer sob meus pés. Quando percebo, estou no chão, como um cachorro, de quatro.

3

Cair na frente de uma mulher desconhecida, na rua, é algo humilhante. Se a mulher é jovem, ou bonita, temos ainda mais motivo para nos lamentarmos. Porém, cair desgraçadamente diante da pessoa que se deseja conquistar é uma das piores sensações que alguém pode experimentar. É como se admitir de antemão um fracasso. Sinto ódio de mim mesmo. Antes tivesse caído num despenhadeiro.

Estaria eu, no fundo, desejando um fracasso? Um amigo disse-me, certa vez, que quando um homem se apaixona por uma mulher está apenas projetando nela um estado de alma. Agora compreendo melhor o que ele queria dizer com isso. Vejo os pés de Esther, ao lado dos pés do professor, com polainas. Refaço-me num instante e me levanto. Minha mão sangra.

4

Esther me leva à cozinha, tira a abotoadura do punho da minha camisa, arregaça a manga, manda que eu ponha a mão numa bacia; lava bem a ferida, com sabão.

"O corte foi feio", diz.

Concentro-me em sentir suas mãos vigorosas lavando a minha, o toque de sua pele, a proximidade de seu corpo, seu perfume. Acompanho a linha de seu perfil, emoldurado pelo negror das roupas; o contraste deixa sua pele ainda mais pálida.

"Você soube que eu sofri outro aborto?", ela pergunta, inesperadamente.

"Sim, eu soube. Sinto muito."

"Éramos para ter quatro filhos. Nosso sonho de termos nove crianças foi por água abaixo."

Digo-lhe que ela ainda está muito jovem, pode ter mais filhos, quantos quiser.

"Não fale uma coisa dessas."

"Augusto ficaria feliz, tenho certeza. Ele me apareceu num sonho e disse que o que ele mais gostaria no mundo era fazê-la feliz."

"E o que mais ele disse?"

"Que eu cuidasse da senhora."

"Eu mesma sei cuidar de mim."

258

Ela põe borra de café sobre a ferida e enrola a minha mão com seu próprio lenço, dando um nó com bastante força.

"Os homens é que precisam de cuidados", ela diz. "Não sabem fazer nada sozinhos." Lava o meu lenço. A água da bacia fica avermelhada.

O professor surge na cozinha, sorrindo, mas com um ar enciumado e suspeitoso.

"Ele é como se fosse um irmão de Augusto", diz-lhe Esther, apontando para mim. E sai.

5

"Não sabia", ele diz. "Deve tê-lo conhecido muito bem, portanto."

"Sim, éramos bastante amigos."

"Que grande privilégio. O que o senhor acha, a poesia de Augusto dos Anjos é parnasiana, simbolista, cientificista, romântica?"

Irritado com sua pergunta, falo sobre minha teoria de que Augusto jamais representou alguma escola literária. Como poderia ser simbolista, se era adepto da racionalidade? Como poderia ser romântico, se era tão realista? O professor diz que os temas de Augusto são românticos, huguianos; digo que nem todos, na verdade apenas alguns, o que não é suficiente para enquadrá-lo no romantismo. "Seus decassílabos são construídos da maneira parnasiana", ele diz. Mas sua morbidez egoística é exatamente oposta à salutar impessoalidade parnasiana. Tampouco a palavra cientificista é suficiente para explicar Augusto, uma vez que ele insinua todos os sentimentos, e sua poesia é dotada de uma subjetividade filosófica.

"A filosofia é o espírito da ciência", diz o professor.

Então todos os poetas do mundo, de todos os tempos, seriam cientificistas, pois a poesia comove-se diante dos fenômenos da natureza, das leis que normalizam a existência, dos mistérios do Universo, a poesia explora e observa a terra, o ar, a água, o fogo, a história, a vida. A poesia é a espiritualidade do mundo; o poeta sente esta espiritualidade e a interpreta.

Sim, mas a maneira de interpretar é o estilo. E o estilo quase nunca é característica de apenas um poeta; sempre há a maldição da época. Hoje todos são parnasianos e todos renegam o parnasianismo. Bilac, por exemplo, duvida, mesmo, da existência dessa escola, assim como detesta o romantismo sentimental de amores pálidos, platônicos, melífluos. O que ele tenta é um estilo asseado. Acompanha friamente o simbolismo, o satanismo, o nefelibatismo, o decadentismo, os efemerismos. Mas não tão friamente assim.

"O senhor Bilac é um poeta decadente", diz o professor, "obsceno, idolatrado por um, felizmente, pequeno número de tolos. Desculpe-me falar dessa maneira, não estou querendo atingir a ninguém, pessoalmente. Mas existe o parnasianismo, sim. Parnasiano é aquele que despeja sobre seus leitores tudo que existe nos dicionários. Suas poesias rolam sobre o vocabulário como se fossem pedaços disformes de ferro despenhando sobre qualquer coisa que tente detê-lo em seu cio delirante, em seu pandemônio alucinante. Os poemas do parnasiano são um monstro escamoso, corcunda, tortuoso, hipertrófico. O poeta parnasiano emprega as palavras apenas porque não tem mais o que fazer com elas, usa uma procissão de adjetivos, pronomes cavalgando verbos. Seus poemas, se fossem comparados a uma mulher, seriam uma rainha recamada de alfaias e pedrarias, cetins adamascados em ouro, coroa de diamantes, porém as pernas tortas como as da condessa de Anjou e olhos vesgos, nádegas murchas, seios engelhados e a boca de Dante, uma catástrofe a fazer qualquer homem perder sua potência. Isto é o parnasianismo."

"Não existe parnasianismo", insisto, para implicar com o professor, embora concorde com ele, odiando sua erudição, sua eloquência e ao mesmo tempo querendo me livrar dele a fim de ir para o lado de Esther. "O que há é uma febre de perfeição, a sagrada batalha da forma a serviço da ideia e da concepção."

6

Sei que a reação ao parnasianismo e sua impassibilidade, à busca da perfeição da forma, é um movimento tão salutar quanto o próprio Parnasianismo. Jácome, Colatino, Queirós, Cruz e Sousa pretenderam substituir as descrições e objetividades do parnaso pela intensidade da essência, mas se entregaram à mania da onomatopeia, dos sons indefiníveis, e tudo se amalgamou numa salada de caprichos extraordinários de estilo. Vinde ver violinos vorazes, vinde ver volteios de varandas, vinde, vórtices velozes, violar as violetas vítimas da venérea volúpia vibrante do vinagre vigilante da vidralhada das vozes votivas das virgens vilipendiadas. É isso melhor que Oh, cavalo alado nascido do sangue da Medusa, oh Salamácida, fonte de Cária, oh, estrelas, Júpiter precipita Salmoneu no Tártaro depois de fulminá-lo? Oh, Ébulo, arranca de meu coração o mau augúrio?

Augusto estava fora disso, era um iluminado, sua poesia tem a centelha divina, não precisa da turbamulta dos escrevinhadores anódinos das confrarias e suas frioleiras. Ele sempre teve liberdade de raciocínio, sua razão e seus sentimentos sempre foram soberanos.

As escolas são formadas por um sujeito que tem talento acompanhado por uma multidão de medíocres, como diz o paradoxo de Francis de Croisset. A poesia é o elemento abstrato, o espírito do objeto, o enigma da substância. As paixões despertam nossos sentimentos, mas nos tornam cegos; os apaixonados são os artistas; a paixão e a arte são as únicas chaves para se desvendar os segredos da vida. Se o satânico Baudelaire tivesse seguido alguma escola, não teria escrito as preciosidades que escreveu.

Augusto partia do real e mergulhava no ideal. Nesta ascensão, tinha seu negror, sua sinfonia, sua alma tocada de luz. A poesia de Augusto não é simbolista, nem cientificista, nem parnasianista; é feita de carne, de sangue, de ossos, de sopros da morte; é ele, integralmente, na nudez de sua sinceridade existencial, no clamor de suas vibrações nervosas, na apoteose de seu sentir, nos alentos e desalentos de seu espírito. Seus poemas são lâminas de aço polido que refletem seu rosto descarnado.

Os que se filiam a escolas são mentirosos, e Augusto jamais mentiu. Quanto mais conflagrados os tempos, mais ele era sincero. Revelou seu tormento cruciante, sua amargura, seu horror, seus suplícios, seus cancros, seus venenos, sua sofreguidão intelectual, sem temer despertar piedade ou repulsa. Professava a fé de um monista, vasculhava as maravilhas da vida, os enigmas do universo, a origem das espécies, sentia em si as dores do mundo, o nascimento e o desvanecimento da matéria. Que escola é esta?

7

    Na sala, Esther está diante da janela, absorta, olhando para a rua, ou, talvez, para lugar nenhum. A seus pés Guilherme brinca com blocos de madeira em cujas faces estão escritas letras do alfabeto. Sentada na conversadeira, Glória balança as pernas, alternadamente; tem os lábios apertados, o chapéu no colo, os braços estirados, os ombros elevados, as mãos espalmadas contra o assento de palha do móvel.

    Tia Alice anuncia que a mesa está posta. Dirijo-me à sala de jantar, onde já estão as outras pessoas, em silêncio, esperando. Pálido, o professor evita olhar-me.

    Sento-me à mesa de refeição, num dos lugares mais distantes de Esther, que está à direita da cabeceira onde sentava-se o dono da casa, que agora permanece desocupada, porém seus talheres, o prato, o guardanapo foram postos sobre a mesa. A ausência de Augusto se faz concreta, seus objetos criam a ilusão de que ele está presente, apenas foi ao jardim ou ao quarto lavar as mãos, mas a sensação de que ele está aqui, num paradoxo, nos faz lembrar ainda mais de sua definitiva ausência.

    Esther mantém o rosto cabisbaixo. Vejo seu perfil. De seus olhos escondidos pingam lágrimas que escorrem pelas fatias de carne assada.

8

Após o almoço, a família faz a sesta. Dona Miquilina e tia Alice cochilam nas poltronas, com as cabeças recostadas, os lábios entreabertos, os rostos embrutecidos pelo tempo, a pele enrugada, duas doces mulheres velhas indefesas e comoventes que passaram a vida com bandejas nas mãos, mexendo comida em panelas, ouvindo caladas, os olhos baixos; têm essa generosidade marcada no rosto, seja por uma angústia da irrealização pessoal, seja pela satisfação de terem feito o que todos esperavam que fizessem. Tio Bernardino deita-se na rede dependurada no quintal. Este passou a vida tirando e botando o relógio no bolso.

Perturbado com minha presença, assim como eu com a dele, o professor pega seu chapéu e vai embora sem me cumprimentar. As mulheres gostam de homens que ganham debates, dos que brilham com argumentações, dos que fazem versos, dos que cultivam a forma implacável, dos que revelam terna e comovida compreensão espiritual revestidos do furor turbulento dos barba-roxas. Para uma mulher do tipo de Esther, a inteligência é mais poderosa do que o dinheiro; por isso casou-se com um pronto feito Augusto, trapista, alpercatista, decadente, sombrio, mas com relâmpagos que iluminavam sua taciturna bruma existencial. Fico com pena do professor, quando o vejo tropeçar no degrau da saída, após se despedir de Esther. Isto significa que ela é tão importante para ele quanto para mim.

Ela vai deitar-se no quarto com as crianças e com Francisca. Está novamente abatida, alterna entre o desespero e a força espiritual. Depois de conversar alguns instantes comigo, Irene Fialho vai embora, apressada, levando uma panela e uma fôrma de bolo. O chalé fica silencioso. Ouço nitidamente o pêndulo do relógio da sala; um cavalo relincha, distante.

9

Pego minha sobrecasaca, meu chapéu e minha bengala no chapeleiro para ir embora quando irrompe tempestuosamente na sala, com um rosário de cristal nas mãos, uma freira, a mesma misteriosa freira que vi de relance nesta casa, diversas vezes, na noite do enterro de Augusto. Ela estaca diante do corredor, olha para mim, enrubesce, dá meia-volta e sai correndo. Desta vez, vi seu rosto.

Minha mente não tem descanso. Suspiro. Fico em dúvida se devo me levantar e ir atrás dela, tentar falar-lhe; ela não há de querer nem ouvir minha voz nem dizer-me nenhuma palavra, decerto seu desejo é afastar-se de mim. Mas ouço um gemido na cozinha e vou para lá.

Marion Cirne está em pé, encostada a uma parede, despejando grossas lágrimas pelos olhos, as mãos postas como se rezasse. Seu rosto, que sempre me pareceu suave, agora, sem a moldura dos cabelos de cachos louros, escondidos pelo véu ou cortados, é amargo, ressentido; a pele colou-se aos ossos, pode-se ver precisamente o contorno de seus zigomas, de seus maxilares, o nariz está maior, a boca também cresceu e os olhos, que eram apertados, agora ocupam quase toda a parte superior da face. Magra, tem uma expressão enigmática, menos exuberante, uma beleza visível apenas aos olhos pesquisadores. O corpo também está magro, o que cria a ilusão de ela ser mais alta do que é na verdade. O hábito negro vai até seus pés, calçados com um par de sapatos envernizados e de bico fino, amarrados por cadarços.

Ficamos em pé, um diante do outro, nenhum dos dois sabe o que dizer, talvez não tenhamos nada a nos dizer, mas preciso aliviar meus sentimentos de culpa.

10

"Deixe-me explicar, Marion", peço.
"Não quero explicações."
"Por favor, preciso desafogar meu coração, há anos que o carrego como a uma pedra em meu peito."
"No convento eu aprendi a perdoar. Mas você é a única pessoa no mundo a quem jamais perdoarei. Mesmo que isso seja pecado, guardarei em minha alma todo o meu ódio contra você."
"Não me queira tão mal. Eu nunca faria aquilo por gosto. Eu já estava vestido, quando me apareceu uma mulher chorando e —"
"Você já contou essa história ao meu pai, ele não atirou em você porque é um homem muito bom. Se fosse outro, você estaria morto."

A mulher que me apareceu, naquele dia, era a mãe do Temporal, um rapaz que estudara comigo em Recife. O Temporal estava preso e mandou a mãe chamar-me para soltá-lo, ou a mim ou ao Augusto, mas ela havia procurado Augusto por toda a cidade e não o encontrara. Eu lhe disse que não podia ir, dali a uma hora, ou menos, iria para a igreja casar-me, mas ela chorou, agarrou-me pela casaca, repuxou os cabelos, caiu de joelhos ao chão, gritando, suplicando. Não posso ver alguém chorar, ainda mais uma pobre mulher sem dentes. O gentil Temporal sempre fora meu amigo, Augusto devia favores a ele, nós homens temos que ter nossa honra, então fui até a delegacia. O Simeão Leal era ainda muito jovem, temerário, metido a cavalo do cão, gostava do perigo e tinha fogo nas ventas. Quando me viu de casaca e calça listrada, cartola de pelo, cravo na lapela, mandou que me trancassem no xadrez para fazer uma blague.

"Você sabe, Marion, que nosso lema era Poesia, blague e absinto."

Simeão foi chamado para o local de um crime e esqueceu-se de mim. Fiquei desesperado, tentei convencer os guardas de todas as maneiras, mas eles achavam que eu estava na orgia, Simeão não voltou e só fui solto na manhã seguinte, sem poder falar com ninguém, sem poder avisar Marion, que me esperou por duas horas, vestida de noiva, no altar, enquanto os cabras de seu pai me procuravam pela cidade.

"O Simeão conversou com meu pai, você esteve mesmo na orgia, havia mulheres devassas presas junto com o Temporal, tudo foi uma desculpa para não nos casarmos, você nunca quis casar-se comigo."

"Não é verdade. Se não quisesse, por que motivo teria pedido sua mão?"

"Para fazer ciúmes à outra. Você nunca me amou."

"Não diga isso, Marion."

"Sei o que é o amor. Eu percebia que havia alguém a quem você amava, ah, como seus olhos se perdiam nela, quando ela se aproximava você respirava entrecortado, enquanto, ao me sentir perto, desejava repelir-me. Você nunca me acariciou. Um homem que ama uma mulher quer sempre tê-la ao seu lado, e você apreciava mais a companhia masculina do que a minha, queria estar sempre com Augusto, você é como a maior parte dos homens, são poucos os que apreciam verdadeiramente as mulheres como amigas e companheiras, Augusto também era assim, dizia que o amor é uma carne moída —"

"Cana azeda."

"Cale-se. Não sei por que estou dizendo tudo isso agora, já faz tanto tempo, nada mais importa, é passado. Como você pode ver, fiz outra escolha na vida, entreguei minha alma a Deus. E não pense que ninguém quis casar-se comigo, depois que você me largou, no altar. Tive outros pretendentes, não me casei porque não quis", ela diz esta última palavra com bastante ênfase.

"Por favor, Marion, não me odeie, eu não poderia viver sabendo que você me odeia."

"Mas ficou todos esses anos sem me procurar para saber se o odeio ou não."

"Escrevi-lhe uma centena de cartas, você nunca as respondeu."

"Cartas? Não recebi nenhuma carta sua. Sabe o que aconteceu com a Camila?"

"Camila? O que aconteceu com ela?"

"Desapareceu. Depois que saiu da casa de repouso, em vez de voltar para casa escondeu-se em algum lugar e nunca mais nos escreveu uma carta, nem mandou nenhuma notícia, ninguém, absolutamente ninguém sabe onde ela anda. Por Deus! até a polícia andou atrás de Camila. Mamãe esteve desesperada e até hoje não se conformou. Como estava tísica, supomos que Camila tenha morrido, que Deus a tenha. Minha única irmã, acabar dessa maneira, mas você se lembra, Camila não tinha os parafusos bem apertados na cabeça. Chegou a pegar a espingarda de papai para matar você, quando soube que você tinha me abandonado no altar, mas depois descobri que... pobre de minha irmã, ela estava apaixonada por você, quando eu quis queimar o meu enxoval de noiva ela não deixou. Certa noite, sem querer abri a porta do quarto dela e a vi diante do espelho, com o meu vestido de noiva, parada como se fosse uma estátua, admirando-se, enlevada, quase em êxtase, com os olhos encovados. Coitada da minha irmã. Deve ter sido enterrada como uma mendiga."

"Talvez esteja viva", digo.

*Et perdez-vous encore
le temps
avec des femmes?*

—

1

Procuro as ruas mais vazias, vou para o deserto jejuar e meditar, como Jesus Cristo fez, para encontrar-se com o diabo e aprender a resistir às tentações. Para ele, a primeira tentação foi a da fome; a segunda, a da glória; e a terceira, a da morte. Minhas tentações seriam, primeiro a do sexo, depois a da fome e por fim a da imortalidade. Talvez fome e sexo sejam a mesma tentação, assim como morte e imortalidade. E a glória serve, para que mais, senão para se amarrar raparigas?

Quando algum burguês rico vai ao subúrbio, sempre é em busca do pecado. Nos lugares ermos encontram-se pessoas necessitadas que fariam qualquer coisa por uns trocados, força de trabalho barata, mulheres para agenciamento, biroscas discretas, lupanares. Apesar de saber disso, penetro pelas ruas de Leopoldina em busca da santidade. À medida que me afasto do centro, os chalés geminados desaparecem e em seu lugar surgem casas miúdas, pobres, com jardins floridos na frente e quintais com pomares de árvores carregadas de frutos. Sob as mangueiras há uma lama de mangas maduras, de onde se desprende um perfume adocicado. Crianças brincam na rua. Algumas, uniformizadas, voltam para suas casas, vindas do grupo escolar, com os sapatos que Augusto lhes conseguiu. Aos balcões dos bares e armazéns das esquinas, alguns homens tomam aguardente após deixarem o trabalho. No bairro da Grama, senhores jogam suas partidas de bocha. Mulheres se dirigem para suas casas com imensas bacias na cabeça; outras recolhem roupas em varais. Cavalos das carreiras estão sendo lavados à beira do córrego. Homens e mulheres jovens retornam das fábricas, do campo; são uma gente saudável, alegre.

Subo uma colina e me encontro no cemitério de negros, ao lado da caixa-d'água da cidade. É um lugar deserto, exatamente o que eu desejava. Preciso de solidão, para espairecer. Esta cidade está me angustiando terrivelmente. Sinto-me sufocado, preso entre as montanhas, enredado pelas mulheres.

É bom ver a cidade assim pequenina, tenho a sensação de que é apenas um brinquedo. O riacho do Feijão Cru segue em seu interminável trabalho de ir adiante, limpo, banhando relvas, cobras, crianças, patas de vacas, pedras, canaviais, cafezais. A cidade está atravessada por um arco-íris nítido sobre o renque das palmeiras. Pelo ar limpíssimo a luz niquelada do sol se espalha sem obstáculos. Daqui avisto a praça da estação, o movimento das pessoas em torno da leiteria, a barbearia *fin-de-siècle*, a Taberna Italiana, os mascates no largo das palmeiras tocando suas gaitas, uma ou outra carroça ou tílburi, os palacetes, a igreja do padre taxidermista. O Cine Teatro Alencar brilha em sua brancura. Contemplo os telhados pontudos dos chalés.

2

Sempre amei as mulheres e o álcool. Quando era menino, ia passear pelo Barro Vermelho para ver as moças às janelas, vestidas para o verão, com tarlatanas, musselinas, deitava os olhos em seus seios, em suas cinturas e seus ombros com artifícios empregados para excitar a volúpia. Eu ia às festas, às retretas, às novenas, seguia a procissão de Fornicoco, as cerimônias profanas na Mãe dos Homens, apenas para olhar as mulheres da cidade da Paraíba. Nos cordões, só invadia as casas onde moravam moças bonitas. Nas praias de banhos regados a cauim, ficava dissimuladamente olhando as senhoras com suas roupas listradas e toucas; quando me apaixonava, e isso sempre acontecia, eu tocava modinhas amorosas sob as janelas.

Quando eu era garoto, acreditava que as putas eram damas belíssimas recostadas em camas de dossel, lábios sangrentos, envoltas em musselinas, pernas cobertas por meias pretas; deusas de pele de leite que, para receberem um homem, se perfumavam e se adornavam com flores exprimindo ao mesmo tempo embaraço e volúpia. Na primeira vez em que estive no porto e um amigo meu disse que eram meretrizes certas mulheres que perambulavam por ali, miseráveis e desgraçadas, expostas ao frio e à chuva, descabeladas, encostadas nas portas das espeluncas, de roupas remendadas, pronunciando incitantes palavras e praticando gestos despudorados, em trepidações, fazendo fervilhar a rua, jogando-se nos braços do primeiro que aparecesse, custei a acreditar. Depois descobri que há várias classes de prostitutas. Na avenida Central, que agora se chama Rio Branco, passeiam entre os andaimes das construções muitas cocotes, revoantes em organdis, diante das vitrinas da casa de chapéus, ou passando na porta das confeitarias, das redações dos jornais. Logo que cheguei ao Rio de Janeiro, fascinado, eu ficava à entrada da Galeria Cruzeiro, olhando tais damas; ao anoitecer ia para a porta do Cinema Odeon ver as estrangeiras vestidas de branco que ali tocavam violino; em seguida eu corria para a sessão de animatógrafo a fim de assistir aos filmes obscenos, os mesmos que se exibiam nos bordéis de Paris, bem realistas, com moças se despindo diante de espelhos, ou vestidas apenas com uma grinalda, sentadas num balanço que ia e vinha, ou deitadas nas relvas em torno de lagos, como ninfas, beijando-se, moças sempre muito alvas e carnudas, de olhos fundos, cabelos soltos e gestos lânguidos. As sessões eram animadas por putas da Senador Dantas, do beco das Carmelitas, do cais Mauá, em busca de seus clientes, deputados, senadores, comerciantes, jornalistas que frequentavam o animatógrafo. Após a sessão eu ia perambular pelas ruas para ver o tráfego carnal, os homens de cartola e bengala entrando e saindo da casa da polaca Sophie, ou da pensão de uma deslumbrante francesa, ex-dançarina de cancã que tinha recebido o Mérite Agricole pois possuía grandes vinhedos em sua terra. Eu ia ver as atrizes e raparigas das pensões da Glória subirem no bonde, todas elas me deixavam louco com a visão de seus tornozelos, ou batatas da perna cobertas por meias de seda e ornadas de ligas azuis, ou dos seios transbordando nos decotes.

3

Numa certa época, passava dias e dias perambulando pela cidade tentando esquecer Esther, mas de noite fazia poemas de amor para ela. Queria encontrar alguma mulher que me fizesse apagar da memória o rosto da namorada de Augusto. Bebia a aguardente do Rattacaso. Mas a embriaguez não me fazia esquecer Esther. O coração de uma mulher é um laço, e suas mãos são emboscadas, diz o Eclesiastes. Eu vivia nos namoros enrascados, nos raptos de mulheres, nos rebuliços, nos lupanares, nos tiroteios, nas batalhas de rua contra os soldados da cavalaria. Tudo isso era para seduzirmos as damas com nossa coragem varonil. Os sujeitos muito jovens acham que as mulheres gostam da força bruta; só mais tarde descobri que elas apreciam também a doçura no homem, a delicadeza, desde que não seja desprovida de virilidade. Por causa do sentimento maternal, elas também gostam dos homens desamparados e dos que têm sobrancelhas caídas e assim adquirem uma expressão desconsolada.

4

O mesmo homem de outro dia caminha novamente pela linha do trem, cabisbaixo, como se tomasse uma decisão. Alguém me disse que ele se chama Funchal Garcia, que anda nos trilhos buscando inspiração, presume-se, ou razão para viver. Precisamos, todos, de uma razão para viver. Mesmo que seja o ódio.

O encontro com Marion foi doloroso. Seu ressentimento me entristece, gostaria de ser amado por todos, especialmente pelas mulheres. A afirmação de que Camila era apaixonada por mim, embora não seja uma grande novidade, causa-me desgosto; sinto-me terrivelmente culpado de não amá-la, e agora ainda mais, por tê-la abandonado no momento em que mais precisava de mim; e, também, por tê-la ajudado a se esconder da família, provocando assim mais sofrimentos a uma gente para com quem eu já tinha uma dívida impagável.

Penso na palidez de Camila, revejo-a deitada na cama a olhar os primeiros raios de sol penetrando os espaços vazios da renda que forma a cortina; suas olheiras causadas pelas noites insones; o sangue na bacia. Nem mesmo distante dela sinto-me livre de sua possessão. Como estará Camila? Será que sofre muito por ciúmes de Esther? Certa vez Camila me disse que amo Esther apenas porque foi a mulher escolhida por Augusto, numa espécie de amor vicário. Talvez seja verdade, sempre há algum motivo que nos leva a amar esta, e não aquela mulher.

Esther está em seu pedestal, sobre-humana e clássica. Se penso em alguma intimidade com ela, é possuído pela santificada e funda reverência diante do sagrado ato da reprodução humana que preserva a nossa espécie. Esther também é uma deusa que habita minha alma, e que não possui nenhum caráter demoníaco.

Revejo o rosto de Marion Cirne no momento em que saí da cozinha, com uma expressão que deve ser a mesma de quando a deixei esperando-me inutilmente para nos casarmos, um ar de vazio, abandono, perplexidade, ressentimento, compaixão por si mesma, alívio, vergonha, desejo de vingança, tudo ao mesmo tempo. Esta expressão deve ter sido tão dolorosa e profunda que jamais a deixou. É o mesmo rosto de Camila, quando me disse que eu fugira num cavalo azul, em seu sonho.

5

Surpreendo-me sentindo vontade de ir embora. O rosto pálido de Camila me atrai. Lembro-me de sua pele; de seus olhos meigos, de suas tristes perguntas.

Nunca levei Camila a passeios distantes, nunca lhe contei a história das ruas do Rio de Janeiro, nunca lhe mostrei as estátuas nas praças, nunca a levei aos cafés para apresentá-la aos poetas, aos teatros para assistir a óperas ou variedades, aos cafés-cantantes, aos cinemas, ao Passeio Público. Nunca a levei para colher flores no Engenho Velho, tomar sorvete na Carceller, banhos em Copacabana, nem para subir a estrada do Corcovado de automóvel. Sim, preciso voltar para casa, para perto dela. Pedirei perdão a Camila, ajoelhado. Farei tudo o que ela me pedir. Jantaremos à luz de velas, quando lerei para ela poemas de amor; celebrarei seus encantos de mulher; adorarei sua forma, seu perfume, suas palavras, seus sentimentos. Eu a farei descansar sua cabeça em meu peito, tomarei com ela garrafas de vinho numa adega, beberemos leite todas as manhãs à porta da casa, nos aqueceremos nas noites frias junto ao fogão a lenha. Vou curá-la e à sua doença, ela nunca mais cuspirá sangue na bacia. Camila é a minha redenção.

PARTE QUATRO

De volta ao Rio de Janeiro

Marca de fogo

1

Hoje é o dia da lavagem semanal obrigatória das fachadas das casas; centenas de empregados, a maioria negros, com baldes, tachos, escovões, estopas, já esfregam as paredes, montam pelas sacadas, sobem como aranhas, às vezes em situações de perigo. Muitos usam escadas; algumas são uma longa vara de bambu com varetas laterais alternadas, outras são frágeis amarrações de cordas que pendem dos frontões.

Enquanto faço o trajeto da gare até minha casa, sacolejando no tílburi, respiro o ar cálido da cidade, reconheço a paisagem, as montanhas sob uma névoa delicada, as bandeiras no alto do morro do Castelo, as árvores de imensas copas; os candelabros estão repletos de delicados frutos cilíndricos; as árvores-do-pão, as ameixeiras, as bananeiras, os bambus das Índias Orientais verdejam, revigorados pelas últimas chuvas. A água dissipou a neblina que costuma flutuar sobre a cidade. Ao ver o campo de Santana, sinto-me realmente chegando no Rio de Janeiro; pouca coisa há de mais parecido com esta cidade do que as negras que lavam roupa neste campo, debruçadas sobre o muro baixo, ou pendurando as peças lavadas, que ocupam grande parte da praça; o flamejar das roupas alvíssimas, estendidas ao sol, me causa uma sensação de que pode existir limpidez, sinceridade, pureza.

No cais Mauá atravesso uma multidão de operários, passo sob o molhe coberto de ferro galvanizado e ondulado, sentindo o cheiro delicioso do café nas sacas empilhadas; canoas, barcos de pesca, vapores, cascos abandonados, se enfileiram ao longo do cais; a fumaça que sai dos navios enegrece o ar, meu rosto se cobre de partículas negras de carvão; o barulho dos martelos faz um trinado nos meus ouvidos. Diante do Arsenal, cruzo com pilhas de coque; canhões enferrujados, velhos tanques e caldeiras estão jogados num terreno baldio. Algumas lojas já fizeram seus enfeites para o Natal; portões de algumas casas estão ornados com ninhos e fitas vermelhas ou anjos de louça franceses.

Ao passarmos na avenida, o tílburi toma uma incrível velocidade, cruzando com outros veículos também rápidos, como se fosse a morte galopando em todas as direções. Peço ao cocheiro que vá mais devagar. Ele conta que uma chuva alagou parte da cidade, foi uma catástrofe, parecia que todos iriam se afogar, casas ficaram com água até pela metade das paredes, pessoas perderam tudo que tinham. Ainda se pode ver em alguns bairros a lama em desvãos, nas sarjetas, entre as pedras do pavimento. Depois reclama da quantidade de automóveis e carros tirados a cavalos ou burros, tudo se esbarrando numa grande patuscada; já existem mais de duzentos automóveis licenciados na cidade, ele lamenta.

288

2

Em Botafogo encontramos dificuldade para atravessar a multidão que toma a rua da praia, as pessoas em seus trajes esportivos descem dos bondes, caminham depressa a fim de conseguirem um bom lugar nas arquibancadas em torno dos prados, para assistir à carreira de cavalos. Alguns dos animais que farão parte da competição podem ser vistos na entrada da raia, cercados por cordas que isolam a multidão barulhenta, a maior parte dela vinda nos vagões atulhados puxados pelas locomotivas da Central. Os cavalos demonstram inquietação, um deles relincha. Há mulheres bonitas em trajes claros protegidas do sol por sombrinhas que mal cobrem os imensos chapéus de plumas ou flores de pano, fitas, rendas; seus vestidos têm estampagens de chicotes, de loros, de casquete de jóquei; elas querem ser vistas, brilham como foguetes, fingem se esconder atrás de leques para despertarem desejo nos homens que por ali as admiram. Estes usam suas melhores roupas de esporte, e na gravata ostentam alfinetes em forma de ferradura; falam a gíria do desporte, conhecem os nomes dos animais que irão competir, fitam as mulheres que passam. Uma coisa estranha se passa comigo: no rosto de todas as mulheres vejo os traços de Camila.

Na raia inundada de luz, os cavalos disparam levantando uma nuvem dourada de poeira. A multidão alterna silêncios tensos e urros. Nas ruas de Botafogo, cruzamos com o carro de

Rui Barbosa; seus cabelos e bigodes prateados cintilam, assim como sua gola branca. Mesmo visto de relance, ele me parece envelhecido, menos ereto, como se começasse a perder a altivez, cada golpe que recebe deve encurtar em alguns anos sua vida. As acusações, as calúnias, as derrotas que permeiam sua vida política o abatem pouco a pouco, como um mal invisível. Os sofrimentos morais condizem perfeitamente com sua fisionomia grave, de homem coberto de responsabilidades, de um extremo instinto patriótico. Seu corpo magro e frágil não dá a menor ideia da força de sua alma. Como estará Camila?

3

O portão está aberto, com uma das partes desabando, as dobradiças soltas. Folhas secas, papéis, lixo cobrem o gramado do jardim que há na frente da casa. Os arbustos não foram podados e pontas de galhos crescem desordenadamente para todos os lados. As tilápias do tanque desapareceram, em seu lugar há apenas folhas secas, gravetos. A buganvília deu flores de um roxo intenso, seus galhos se projetam acima do telhado da varanda. O ancinho, a enxada, a foice de capim, o balde, a cavadeira, a tesoura de podar e outras ferramentas estão espalhados pelo gramado, ao tempo, sujeitas à ferrugem, esquecidas pelo jardineiro. Nas grades que cercam as varandas do segundo pavimento estão dependuradas algumas peças de roupas desbotadas, lençóis, toalhas, panos.

Tenho um horrível pressentimento, olho para a janela do quarto onde durmo, está aberta. A janela do quarto de Camila, com as venezianas abertas, deixa o sol e o ar penetrarem, o que também é bastante incomum. Estará ela se tratando num sanatório? Ouço as vozes das crianças dentro da casa. Um rolo de fumaça se espalha no céu, por detrás do telhado.

4

Bato à porta e espero algum tempo. Ouço um assobio, depois outro; um pássaro canta. Como ninguém vem me atender, dou a volta para entrar pela porta dos fundos, que costuma ficar aberta. Numa clareira do quintal, entre as goiabeiras e os limoeiros, numa imensa fogueira arde uma cama, com colchão, uma mala de roupas, sapatos femininos, coisas que me parecem diademas, chapéus, pentes, tudo retorcido, quebrado, preto. São objetos pessoais de Camila. Em volta da fogueira, estão alguns empregados da casa, um deles com um bujão de querosene, outro com uma longa vara que serve para empurrar os objetos para as labaredas. Eles se viram para mim e ficam me olhando, em silêncio.

Meu coração quase para, sinto-me pálido, tonto, meu corpo esfria, sento-me no pedestal de uma fonte que tem a forma de uma ninfa despejando de uma jarra um fio contínuo de água. Molho o rosto e assim me reanimo, caminho até a porta e entro na casa, quase tropeço numa gaiola que aprisiona um corrupião de asas e cabeça negra, peito vermelho-coral com um colar no mesmo tom, uma ave muito parecida com o concriz que o pai de Augusto criava na casa-grande do Pau d'Arco. O pássaro canta.

Na cozinha, imóveis, os empregados me olham, arregalados. A tonalidade da cena parece a de um quadro de pintor espanhol, com muitos vermelhos, fogo, brasas no forno, panela de cobre, fumegante; um galo preto sobre a mesa, maços de rabanetes, pilhas de pratos e talheres sujos numa bacia que estavam sendo lavados por uma mulher de avental e turbante. Um pequeno macaco, preso a uma corrente, dá um salto repentino no ombro de uma das crianças.

A governanta faz o sinal da cruz e beija o crucifixo que carrega ao pescoço preso numa corrente de prata. Exclama em seguida uma expressão africana.

Subo as escadas, correndo.

5

Abro o mosquiteiro. Deitada numa esteira, Camila tem o rosto túrgido, um ar de cansaço. Seus lábios estão inchados, a boca ressecada e cinzenta. Em suas mãos e em sua face há manchas roxas escuras, quase negras. O travesseiro no qual se recosta está respingado de sangue. Espero um gesto de raiva, uma palavra de ressentimento, mas ao me ver seu rosto se ilumina, ela me olha com doçura e sorri.

"Não se aproxime mais", diz.

Seguro sua mão. Camila a retira.

"Não sei como pude deixar você aqui, sozinha. Quem é o médico que está tratando de você?"

"Não há nenhum médico."

"Por que não mandou chamarem um médico?"

"Deixe-me morrer", ela diz.

"Você vai ficar boa, como da outra vez. Vou levá-la para o sanatório."

"Tarde demais."

"Não me deixe, Camila."

Tenho vontade de chorar, todavia penso que choraria mais por mim mesmo, por minha miserável alma, e me controlo. Camila adormece.

Telefono para um médico. Um pouco mais tarde ele entra no quarto, trazido pela governanta. Ajoelhado ele abre sua maleta, retira alguns instrumentos, examina os olhos da paciente, faz-lhe perguntas simples que ela responde aos sussurros, pousa a cabeça no peito dela e ouve, atento; mete um termômetro em sua boca, faz-me diversas perguntas que não sei responder, sobre a evolução do mal, critica-me por não ter chamado antes um auxílio médico, "o tempo é o fator mais importante numa doença", afinal diagnostica a tuberculose, evidente, não há dúvidas, embora não existam dois casos de tísica iguais. Aproxima-se da janela e abre mais as cortinas; a luz solar inunda o quarto; manda que o ambiente fique o mais claro e arejado possível. Pergunta a idade dela, vinte e três anos, digo, ele balança a cabeça, fala que ainda não se descobriu por que motivo a maioria dos casos fatais de tuberculose ocorre com vítimas entre dezoito e vinte e cinco anos, talvez por serem os jovens pessoas muito agitadas, ou por se alimentarem mal, por tomarem constantes banhos de mar e se resfriarem, ou por estudarem demasiadamente, ou por participarem de jogos vigorosos e exercícios atléticos, ou por serem boêmios, ou poetas, quiçá por sofrerem intensas mudanças sexuais que debilitam o corpo. O caso de Camila está num estágio bastante avançado, ela deve ser levada o mais depressa possível para o sanatório a fim de iniciar tratamento, apesar de o médico ter dúvidas se apenas o repouso completo, a alimentação e o clima podem curá-la; combina comigo algumas providências de ordem prática, inclusive para evitarmos a disseminação dos germes, aconselha-me a não gastar dinheiro com remédios de propaganda, não há drogas para a tísica; e sai.

Tento falar com Camila, mas ela não responde mais, parece distante, separada do mundo por uma névoa que não a deixa enxergar nem ouvir. Ela contorce o rosto e afinal consegue balbuciar o meu nome. Em seguida cai num sono profundo, atirada ali pelo cansaço do imenso esforço em dizer uma palavra. Horas se passam, enquanto permaneço à sua cabeceira, observando seu rosto imóvel, cada vez mais pálido. Tiro sua temperatura diversas vezes e anoto num papel, seco sua fronte, dou-lhe água em colheradas.

6

Ao entardecer o coche branco, com uma cruz vermelha, para à frente da casa. O médico salta, seguido de dois enfermeiros com uma maca; entram pelo portão e desaparecem por baixo do toldo. Logo ouço seus passos subindo a escada e vou recebê-los à porta do quarto.

Faço um relato detalhado ao doutor sobre o que ocorreu com sua paciente nas horas em que esteve fora, ele balança a cabeça negativamente, vai ao leito, afasta o cortinado e escuta mais uma vez o peito de Camila. Segue os mesmos procedimentos da visita anterior; quando abre os lábios de Camila para introduzir o termômetro ela desperta. O médico lhe faz perguntas mas ela não responde, nem mesmo parece entender o que ele diz, estende os braços ao longo do corpo, entrega-se a cravar as unhas no colchão, como se tentasse cavar, de forma obsessiva, durante um longo tempo, com o rosto crispado, o que lhe dá um ar de velhice. O médico aplica-lhe uma injeção.

"Cânfora", ele diz. "Assim ela dormirá no final, e terá sonhos amenos."

Camila não demonstra sentir a picada da agulha. O médico segura seu punho.

"A pulsação está quase imperceptível. Ela não sente mais nada. Nem dor, nem alegria."

"Devem se apressar em levá-la ao sanatório", digo.

Da boca de Camila explode um jato de sangue que mancha sua roupa, o travesseiro, a cama, salpica as mangas de minha camisa e o avental branco do enfermeiro.

Nesse momento Camila resvala no travesseiro. O médico a ampara. Ela parece, por um segundo, reconhecer-me; tenho a sensação de perceber em seus olhos a mesma expressão de Marion quando me reviu, na sala do chalé de Augusto; uma cintilação de ódio, misturada à dor do amor. Seus olhos se paralisam como se fossem de vidro, tornam-se vazios. Os músculos de seu rosto se soltam, sua expressão agora é de paz. A turgidez desaparece num instante, a beleza retorna à sua face, que fica jovem.

Os enfermeiros a deitam na maca e a levam.

7

Uma sensação de vazio se apodera de mim, o mesmo vazio do quarto penetra minha alma e por alguns instantes fico sem pensar em nada, com um abismo em meu ser, como se eu mesmo fosse um precipício. Uma misteriosa suspeita toma o lugar do vazio, e desço correndo as escadas, na sala sobre o piano vejo o porta-retratos sem a fotografia de Esther; entro na rouparia que fica no andar térreo, abro a porta do armário de paletós. Meu coração bate descompassadamente, um pavor imenso me faz suar, sinto meu corpo outra vez frio; abro a caixa de chapéus e constato que está vazia, assim como a caixa de sapatos, e a gaveta de gravatas, e a caixa de luvas, todas vazias.

Cambaleio até a cozinha onde encontro a governanta, pergunto-lhe onde estão os papéis que eu guardava nas caixas e gavetas, ela diz que Camila, logo depois de minha partida para Leopoldina, pediu que a criada de quarto lhe levasse aqueles papéis assim como o retrato que ficava sobre o piano; a senhorinha passava longas horas lendo o que estava escrito naqueles papéis e olhando tristemente a fotografia. Quando precisaram queimar o que não podia ser fervido, tudo que dona Camila havia tocado, aqueles papéis, assim como o retrato, que ficavam espalhados nos lençóis, ou junto ao corpo da doente, foram levados para o quintal, tudo foi molhado com querosene e incinerado.

Destruíram o único retrato que Esther me dera um dia, com uma afetuosa dedicatória, e todos, absolutamente todos os poemas que escrevi em minha vida.

Um mundo infinito

1

    Vejo, numa manhã, Olavo Bilac caminhando na rua e quase o paro a fim de conversarmos. Porém ele está tão apressado que não o quero atrasar.
    Seu pincenê não tem mais a corrente de ouro pendendo do aro. Veste-se com corretos trajes matinais: barba feita, sapatos brancos, calça de flanela, paletó de fantasia, camisa de colarinho mole, gravata a la Vallière. Caminha com o nariz ainda mais erguido. Soube que essa sua maneira de andar, que parece um gesto de arrogância, uma pose de altivez, não decorre de problemas na vista; na verdade, revela uma insuficiência aórtica, mal que os franceses chamam de *le signe de Musset*, pois o terno e cínico poeta das fantasias leves sofria de uma anafilaxia emotiva, algo assim, e caminhava olhando o céu. As crônicas de Bilac nas folhas têm sido cicloides, alternam uma jovial alegria com a mais funda depressão da alma; se um dia ele acorda cantando a luz do céu, as folhagens verdejantes, a cintilação das águas da baía, no outro pergunta-se por que acordou, vê apenas jardins lamacentos, nuvens de chumbo, cogumelos inchados. Oh, miserável homem, um mundo infinito se revela; mas nele não há lugar para ti.
    Creio que agora está indo para alguma palestra literária. Desde que começou a guerra europeia, ele se empenhou na campanha de propaganda de serviço militar compulsório e tem sido homenageado pelo Exército, militares de alta paten-

te o festejam em suas casas com banquetes, o clube Naval o recebe com cerimônias. Ele agradece as honrarias através dos jornais. Acredita que somente por meio do serviço obrigatório se poderá alfabetizar os jovens brasileiros. Não é preciso pensar muito para ver que os motivos devem ser outros; fosse apenas o problema da erradicação do analfabetismo, o serviço militar deveria ser obrigatório para os analfabetos.

2

Bilac trafega como qualquer pedestre plebeu, e foge dos desvanecimentos pelo caminho da modéstia. Mas é o poeta do Palace Theatre, muitas vezes Príncipe dos Poetas eleito por notáveis, o poeta da Cultura Artística, o poeta da Agência Americana, amigo dos poderosos, autor de planos extraordinários, um *gentleman*, diretor do Pedagogium, secretário do prefeito e, para sua desgraça, com fama de rico, o que deve ser a causa maior da inveja que provoca por aí.

Esse infeliz solitário, que vive a escrever cartas para si mesmo, ou para pessoas imaginárias, é agora o alvo predileto dos que querem tomar seu lugar. Inebriados com rum, Kumel, genebra, aguardente, uísque, ou tudo isso junto, despejam suas maledicências sobre o ex-dipsomaníaco poeta das exaltações políticas. Todos aqueles que foram idolatrados, um dia serão odiados. A idolatria está a um passo do rancor. As igrejas um dia serão transformadas em ruínas. As estátuas dos deuses virarão pó. Depois de morto, Bilac passará por alguns anos de esquecimento, depois ressuscitará em glória plena. Ou não. Mas mesmo que sua poesia mostre ter sido lograda, ele e seus amigos terão revolucionado o mundo literário brasileiro. Antes de Bilac, ser poeta ou romancista era algo vergonhoso. Diplomatas, vereadores, professores, ricos entediados, que publicavam livros diletantes, escondiam-se com medo das murmurações. Não havia homens de letras no Brasil. Os intrépidos boêmios da rua do Ouvidor não apenas levaram adiante a roda literária brasileira, dos românticos aos simbolistas, passando pelos parnasianos, como também amadureceram a figura do escritor e a nossa nacionalidade.

Parte cinco

Epílogo

A roda da vida

1

O velho sobrado da praça do cais Mauá está sendo demolido. É preciso ser muito frio para ver algo assim e ficar indiferente, mas agora a ordem é derrubar o que é velho, abrir bulevares, deixar o vento correr, arrancar tudo o que impede o futuro de se mover adiante, até as montanhas devem virar cascalho. O passado precisa virar pó. Dentre as pessoas que passam por ali, poucas voltam os olhos para as ruínas, algumas nem mesmo percebem a poeira ocre que paira no ar. Para mim, entretanto, é como se estivessem demolindo meu coração.

Primeiro tiram os lustres, os vidros da claraboia, das janelas e das portas; depois as próprias janelas e portas, e tudo o que é de madeira, como algumas estruturas, o piso de grossas tábuas. Em seguida arrancam os mármores dos peitoris, dos marcos, das pias. Os ferros batidos em volutas, das sacadas, assim como os dos basculantes, da claraboia, são levados para serem derretidos nas forjas de uma fundição qualquer. Torneiras, trincos, fechaduras, tudo é carregado numa charrete. As telhas ficam empilhadas no terreno durante algum tempo, até que uma carroça vem buscá-las, em diversas viagens. Depois de retiradas as peças que possam ter algum valor, resta apenas a essência da casa, tal como uma mulher de quem se tivessem tirado todos os adornos e depois as roupas. Ela fica ali, diante da praça, dos navios, dos guindastes, nua, debaixo das estrelas de Olavo Bilac, como se estivesse dando adeus.

Pelos buracos vejo os aposentos onde Augusto viveu, comeu, respirou, sofreu, amou, escreveu seus versos. Ali conversamos, sentados frente a frente, eu na melhor poltrona da sala e ele começando a se decepcionar com o Rio de Janeiro, e fico imaginando se os sons de nossas vozes se perderam pelo tempo ou se flutuam no ar. Agora que a casa não tem mais telhado nossas vozes devem ter se espalhado pela cidade, se juntado a outras, parece que só agora as granadas da Revolta da Chibata encontraram seu alvo, e somos nós; cada marretada que um operário dá na parede me faz tremer.

Augusto nem sequer tem um túmulo decente. Colaborei para a campanha de sua sepultura, feita pelo pessoal de um jornal na Paraíba, mandei dinheiro, eles anunciavam que a soma estava crescendo, com a venda de livros de Augusto, mas um dia passaram a fazer a campanha da estátua de um outro escritor paraibano e não se falou mais em túmulo nem em Augusto. Nem mesmo um busto fizeram para ele nas praças da Paraíba. Este sobrado era uma espécie de túmulo. Seria bom podermos nos libertar de nossas lembranças, a memória devia ser efêmera, ainda mais móvel, mais fantasiosa. Deveríamos nos recordar apenas de coisas que escolhêssemos. Eu escolheria esquecer Augusto. Mas aquela casa todas as manhãs era opressiva. Eu queria que ela desaparecesse, mas agora que ela está sendo demolida, que se transformará também numa lembrança, muito mais poderosa do que a realidade, tenho medo. Seria melhor que o tempo se encarregasse de modificá-la, os moradores sucessivamente iriam mudando a cor da casa, as janelas, o frontão, as sacadas, um dia haveria um toldo à entrada, algum tempo depois uma garagem, uma porta de ferro, uma varanda, um terceiro andar, até que ela se tornasse irreconhecível.

2

De noite a casa em demolição fica sinistra. Mendigos entram para dormir entre os escombros. Ratos procuram comida nos desvãos. Prostitutas se encostam na fachada, fumando cigarros, mostrando os seios, chamando os marinheiros franceses de uma fragata atracada no cais. Acompanho a demolição das paredes do sobrado. Todos os dias vou até lá, estaciono o automóvel e fico olhando-o desaparecer, tijolo por tijolo, pedaço por pedaço. Homens musculosos, de peitos suados, com panos enrolados na cabeça, fazem a tarefa sem piedade, para eles a casa não tem nenhum significado. Especulo sobre o que será erguido no terreno, talvez um teatro, ou um restaurante, quem sabe um cassino. Na verdade, o que estão fazendo no centro da cidade é demolir casas de gente pobre para construírem palácios ou edifícios públicos.

Mas o tempo passa e no lugar do sobrado não surge nada, nem mesmo uma choça, nem um albergue para vadios, nem um quiosque; é um terreno baldio. A casa torna-se uma mera sombra, como se tivesse sido transportada para um reino diferente.

3

    Hoje abro o *Jornal do Commercio* e leio que o livro de Augusto foi reeditado e para surpresa de todos a tiragem de três mil exemplares esgotou-se em quatro dias. Trataram de imprimir mais três mil que foram comprados em um par de dias. Em pouco tempo o *Eu* chega a vender cinquenta mil exemplares. Torna-se o mais espantoso sucesso de livraria dos últimos tempos! Impossível não admirar certas composições! Um talento superior! A obra de um ourives louco! Médicos, advogados, tilbureiros, cantantes, coveiros, alunas dos cursos de declamação, putas, poetas, gente de diversas classes corre aos balcões para tentar compreender a poesia insondável de Augusto. Jogam sobre ele "as lantejoulas efêmeras que brilham nas culminâncias das glórias", que ele disse desprezar. De nada mais adianta. Augusto venceu, mas não pode saber disso, é tarde demais.

4

Não posso ter certeza, mas creio que o sujeito com quem Esther se casou, um professor do Grupo Escolar Leopoldinense, chamado Caboclinho, é o mesmo professor que espreitava sua casa em Leopoldina e que a procurou para falar sobre a criação de um grêmio literário. O casal mudou-se para Ubá, talvez para escapar da polêmica sobre sua união, talvez por outros motivos. Apesar de nove anos se terem passado, muitos condenaram o casamento de Esther. Mas não eu. Uma mulher tem direito de recomeçar sua vida, ter os filhos que deseja. Ela passou por momentos difíceis, tendo que educar sozinha duas crianças, sem um trabalho nem uma renda. Logo depois da morte de Augusto, precisou mudar-se da casa onde morava, por não poder mais pagar as despesas e o aluguel. Foi para uma pensão e pôs à venda móveis e objetos do chalé da rua Cotegipe: as cadeiras e a mesa da sala de jantar, a cama da filha e o berço do garoto, os baús, os utensílios da cozinha, as roupas de cama do enxoval, bordadas por ela mesma e por suas irmãs e sua mãe, lençóis e fronhas de linho com as iniciais de Augusto e Esther; toalhas de banho e de mesa com guardanapos, igualmente bordados, um faqueiro incompleto, uma bacia e seu gomil, em louça, a máquina de escrever, que foi de Odilon e na qual ele e Augusto datilografaram o contrato de publicação do livro, apetrechos de cozinha, lustres, candeeiros, o delicado terço de cristal de Esther, os mosquiteiros, as mesinhas, um armário de roupas, uma poltrona, a marquesa de palha na qual adormeci e sonhei com Augusto, uma conversadeira, a escrivaninha na qual Augusto trabalhava, e sua elegante cadeira, muito parecida com ele, magra e altiva; e a mais significativa de todas as peças da mobília, a mais comovente: a cama do casal.

Na pensão, os moradores da cidade levavam para Esther bolos de fubá, latas de manteiga, goiabada, espigas de milho, queijo curado, frango, até mesmo um leitãozinho. Não lhe faltava a presença de vizinhos e amigos. Não lhe davam dinheiro, pois seria humilhante, mas faziam-lhe companhia, levavam Glorinha e Guilherme a passeios em fazendas da região, a banhos nos córregos, a torneios de esportes, para tomarem sorvete ou para olharem a chegada do trem; os médicos a atendiam graciosamente, os comerciantes lhe vendiam a crédito; as viúvas visitavam-na e lhe davam conselhos, acompanhavam-na ao cemitério e à capela. Mas isso não bastava.

Esther construiu para Augusto um túmulo de ferro batido, com uma cruz numa das extremidades, algo muito simples; pretendia, mais tarde, cobrir a sepultura com mármore e pôr uma estátua na cabeceira, talvez Nossa Senhora do Rosário, a santa da capela do Engenho do Pau d'Arco. Diante do túmulo, ajoelhada, ela rezava para a alma de Augusto e chorava de saudades.

Ela mesma lavava sua roupa e a das crianças, que estendia num varal nos fundos da pensão. De manhã saía com os filhos a passear na praça; às vezes entrava na igreja e chorava, ajoelhada diante do altar. Recebia visitas do padre Fiorentini e do prefeito da cidade. Às vezes ia gente de Cataguazes, ou de Vista Alegre, até mesmo de Sapucaia para vê-la; a viúva do poeta se tornara a atração do momento. O pintor que passeava de tarde na linha do trem, Funchal Garcia, fez um retrato a óleo de Esther, em roupas negras.

Esther está grávida do quarto filho. Apenas lamento que não tenha se casado comigo.

5

Mas estou feliz com Camila. Nunca mulher alguma tratou-me com tanto amor e respeito, até mesmo adoração. Perdoou-me por tê-la abandonado. Livrou-se da tuberculose, embora viva sempre presa a cuidados especiais. Toma sol pela manhã e faz longas caminhadas nas areias de Botafogo, prescritas pelos médicos, respirando sal. Não é mais tão magra, nem tão pálida, mas ainda tem aquele ar de imaterialidade e ainda gosta de fazer perguntas tristonhas. Continua a sonhar com cavalos azuis e me pede que lhe escreva sonetos, o que faço, apenas para agradá-la. Ela guarda todos e os manda a uma casa editora, que os publica. Envia pelo correio exemplares a todas as pessoas importantes do mundo da literatura. Escreve cartas às folhas, pedindo que publiquem versos meus. As mulheres fazem coisas extraordinárias pelos homens que amam. Infelizmente, ela não pode ter filhos, mas cuida das crianças dos empregados como se fossem suas. Marion abandonou o convento e mora conosco. Passa as manhãs tocando piano e as tardes fazendo flores de parafina. Assim os dias se seguem, um após outro, sem sobressaltos.

Porém algumas vezes, raras, sou tomado de uma cortante melancolia e me tranco no porão de casa, onde me entrego a olhar longamente o retrato de Esther em negro, pintada por Funchal Garcia, o artista dos trilhos do trem.

6

Olavo Bilac morreu quatro anos depois que tivemos nossa conversa no banco do Passeio Público. Soube pelos jornais e fui assistir ao seu enterro no panteão dos olímpicos. Estavam lá todos os grandes da literatura, assim como alguns pequenos, os conferencistas do Instituto de Música, os membros da Academia, os que querem ocupar seu lugar, os frequentadores dos Diários, do Beethoven, da Carceller, da rua do Ouvidor, os velhos petropolitanos, mulheres belas, viúvas negras, condessas, lavadeiras. Os jovens que o xingavam nas confeitarias voltaram a amar seus versos.

Sua morte foi regular como sua caligrafia. Ele vinha sofrendo inquietações e angústias inexplicáveis. Tinha parado de beber, o que deve ter sido um grande sacrifício. Depois que morreu seu protetor, o barão do Rio Branco, a quem ele devia sua ascensão literária nos meios oficiais, sua saúde definhou ainda mais. Bilac resignou-se a uma vida pacata, sem noitadas com os amigos, sem pândegas, aperitivos, aventuras, sem cartomantes, pitonisas, visões de fêmeas. Parou subitamente de escrever nas folhas. Mas ainda fez sua viagem anual a Paris, para olhar as catedrais. Veio embora antes do planejado porque lá estava muito frio, mas ao chegar aqui Bilac achou o tempo demasiadamente quente. Após seu retorno, quase não conseguia mais dormir. Ficava na varanda de sua casa olhando o saco-de-carvão, o Cruzeiro do Sul, um pierrô nas nuvens enluaradas, as casas reluzindo ao longe, a cidade adormecida; ou então deitava-se na cama e contava até cem, vezes seguidas, esperando o sono em companhia do invisível cortejo de outras vidas, ou então gritava frases de Flaubert ou citava Riquet, o cachorro-filósofo. Entregou-se à solidão.

Passou a ter horários, vida regrada. Quando era jovem e ficava enfermo, hospedava-se nos hotéis das montanhas urbanas, ou os das serras verdes de Poços de Caldas, distantes, calmos; dessa vez, a última, trancou-se em seu quarto, com as janelas fechadas e as cortinas vedando a luz.

7

Depois que Bilac morreu, estive em sua casa conversando com a irmã, Cora. Quando ela abriu a porta para mim, fiquei paralisado por alguns instantes, como se a conhecesse havia muitos anos. Disse-lhe que fora amigo de Bilac, Cora estranhou, nunca o tinha ouvido falar em mim, mas meus modos gentis ganharam aos poucos sua confiança e ela conversou longamente comigo. Mostrou-me o quarto do irmão, sua cama coberta por um cortinado branco-leitoso, a decoração *fin-de-siècle*, o lugar de certa forma luxuoso, confortável, onde ele teria escrito, "Ama tua arte sobre todas as coisas e tem a coragem que eu não tive".

Nenhum médico satisfazia Olavo Bilac. Ele tinha pequenos escarros sanguíneos, dispneias noturnas. Seus pulmões o faziam roncar, sibilar, crepitar, estertorar. Isso era tomado pelos médicos como problemas de origem nervosa. Um boletim, entretanto, revelou que seu coração estava hipertrofiado. Cora me mostrou a radiografia que Bilac trouxera de Paris, quando de sua peregrinação pelos consultórios e hospitais franceses. Ele começou a se emaciar. Passou a eventualmente não reconhecer as pessoas, a fazer perguntas absurdas, a pensar que estava em Paris, ou a esperar o pai vir da Guerra do Paraguai. Repetia lições das aulas de medicina, a tabuada ou o bê--á-bá da escola de quando era criança. Conversava com Alberto de Oliveira como se estivesse ainda vivo, com José do Patrocínio, com Raimundo de Oliveira e fazia declarações de amor a desconhecidas. Nessa fase de sua doença foi atingido pela pandemia de gripe que atacou o Rio de Janeiro. Ainda assim continuou seu *Dicionário analógico*, para a Academia.

Uma noite, depois de jantar no quarto, pediu a seu sobrinho, Ernani, que fosse buscar o fogareiro no qual Cora costumava cozinhar doces. Diante dos olhos estarrecidos do rapaz, queimou seis maços de manuscritos, com os poemas "Salomé", "Satan" e "Job", além de diversos sonetos e alguns dramas em verso. Mergulhou depois numa psicose, numa confusão mental, como se estivesse nos velhos tempos de bebedeira. Delirou sem parar, por quinze dias. Levaram-no para uma casa de saúde. Após uma melhora, ele pediu para voltar à casa da irmã. Mas já estava de partida. Ele esperava a morte e anunciou que ela viria quando o relógio de parede da casa parasse de funcionar. A partir desse dia, olhava obsessivamente o carrilhão.

Perto do Natal, sentado numa poltrona que comprara em Londres, ele adormeceu. De madrugada pediu um café à irmã. Cora ficou ao seu lado até o amanhecer, derramando lágrimas silenciosas. Ele tirou por um instante os olhos do carrilhão, olhou para a janela e pediu que abrissem as cortinas. A luz da manhã inundou o quarto.

"Je veux écrire", ele disse.

Cora lhe deu papel e uma caneta. Ele segurou firmemente o papel numa das mãos e a caneta na outra. Recostou a cabeça na poltrona e morreu. Cora olhou o relógio da parede. O pêndulo estava imóvel.

8

Numa madrugada, estou saindo de uma farmácia quando ouço a voz de alguém a me cumprimentar. É uma jovem num vestido escuro, xale sobre os ombros, um singelo chapéu de feltro cobrindo seus cabelos. Tem rosto pálido, expressão de alguém dotado de uma intensa e sofrida vida espiritual. Ela me olha, tímida.

Respondo ao seu cumprimento tocando de leve na cartola e já vou me afastando, quando ela me interpela novamente, dizendo algo a respeito de Augusto dos Anjos. Paro e me volto, sorrindo. Falamos alguns minutos sobre Augusto, ela demonstra conhecer muito bem a obra e a vida do poeta, chega a comentar algo sobre minha infância passada junto dele, no Engenho do Pau d'Arco.

Ela me diz que leu meus livros de poesias, que me admira muito, que ficou feliz de me ver eleito o Príncipe dos Poetas, que ela também escreve versos, e pede para recitar um deles para mim. Não espera que eu responda e inicia a declamação. Apressado, com os remédios de Camila nas mãos, mal ouço as palavras que a moça recita.

Quando termina, abre os olhos e me fita, à espera de uma palavra. Mas não tenho tempo para conversar. Camila está se sentindo mal e tenho que chegar em casa, preciso me livrar logo dessa desconhecida que me impede a passagem. Olho para os lados.

"Preciso ir", digo.

E saio, caminhando depressa, como se fugisse.

Obras da autora

Anjos e demônios, poesia, 1978
Celebrações do outro, poesia, 1983
Boca do Inferno, romance, 1989*
O retrato do rei, romance, 1991*
Sem pecado, romance, 1993*
A última quimera, romance, 1995*
Clarice, novela, 1996*
Desmundo, romance, 1996*
Amrik, romance, 1997*
Que seja em segredo, antologia, 1998
Noturnos, contos, 1999*
Cadernos de sonhos, diário, 2000
Dias & Dias, romance, 2002*
Deus-dará, crônicas, 2003
Prece a uma aldeia perdida, poesia, 2004
Flor do cerrado: Brasília, infantil, 2004*
Lig e o gato de rabo complicado, infantil, 2005*
Tomie: cerejeiras na noite, infantil, 2006*
Lig e a casa que ri, infantil, 2009*
Yuxin, romance, 2009*
Semíramis, romance, 2014*
Menina japinim, infantil, 2015*

*Publicado pela Companhia das Letras

Sobre a autora

Ana Miranda nasceu em Fortaleza, em 1951. Morou em Brasília, no Rio e em São Paulo. Hoje vive numa praia do Ceará. Estreou como romancista em 1989, com *Boca do Inferno*, traduzido em diversos países e incluído no cânone de grandes romances do século XX. *Dias & Dias* recebeu os prêmios Jabuti e ABL em 2003. *Desmundo* foi adaptado para o cinema. A obra de Ana Miranda nasce de sua relação pessoal com a história literária brasileira, e trabalha pela preservação do nosso tesouro linguístico.

1ª EDIÇÃO [2013] 5 reimpressões

ESTA OBRA FOI COMPOSTA PELA TYPLELASER DESENVOLVIMENTO
EDITORIAL EM GARAMOND LIGHT E IMPRESSA PELA GEOGRÁFICA
EM OFSETE SOBRE PAPEL PAPEL ALTA ALVURA DA SUZANO PAPEL E
CELULOSE PARA A EDITORA SCHWARCZ EM DEZEMBRO DE 2016

A marca FSC® é a garantia de que a madeira utilizada na fabricação do papel deste livro provém de florestas que foram gerenciadas de maneira ambientalmente correta, socialmente justa e economicamente viável, além de outras fontes de origem controlada.